慢飨知味

李玉萍◎著

中国出版集团
现代出版社

U0747131

图书在版编目（CIP）数据

慢飨知味/李玉萍著. --北京：现代出版社，2018.4
ISBN 978-7-5143-6967-0

Ⅰ．①慢… Ⅱ．①李… Ⅲ．①散文集－中国－当代
Ⅳ．①I267

中国版本图书馆CIP数据核字（2018）第052888号

慢飨知味

作　　者	李玉萍
责任编辑	杨学庆
出版发行	现代出版社
地　　址	北京市安定门外安华里504号
邮政编码	100011
电　　话	010-64267325　010-64245264（兼传真）
网　　址	www.1980xd.com
电子邮箱	xiandai@vip.sina.com
印　　刷	北京一鑫印务有限责任公司
开　　本	710mm×1000mm　1/16
印　　张	13
字　　数	170千
版　　次	2018年4月第1版　2022年7月第2次印刷
书　　号	ISBN 978-7-5143-6967-0
定　　价	45.80元

目录

CONTENTS

第二辑　他乡明月

第一辑 陌上花开

DIYI JI MOSHANG HUAKAI

山后腊月的故乡

山后腊月的故乡，空中飘着年的气息。

进入腊月，田间农事安排妥当，蓑衣、斗笠、农具闲置在农家的偏屋里，小麦从冻土中探出尖尖的头，等待一场瑞雪的降临。

土家山民对过年非常讲究，年桌上的每一道菜肴，都经过碾、磨、蒸、煮、煎、熏等精心制作。用料考究，一般就地取材，加工与制作主要采用石磨、木甑蒸、篾滤、竹筛、罐煨等传统工艺，原汁原味，耗时费力。因此，忙年从进入腊月就开始了。

熏腊肉

在乡村，腊肉是团年宴上的主菜。黄灿酥软的肉皮，肥而不腻、咸香扑鼻的香肠、腊蹄等盛放在精致的菜盘和煨罐中，丝丝缕缕的烟火气息与熏香在房间里弥漫开来。漂泊的游子嗅着家乡熟悉的年味，匆匆踏上归途，日夜兼程，风雪无阻。

"小寒大寒，杀猪过年。"进入冬腊月，家家户户杀猪宰羊，熏制腊肉。农家的火垅，像是被打入冷宫的妃子，长久的沉寂后，享受无边恩宠。墙角处，除尽尘杂，方方正正的木料围成 2 平方米左右的一垒，在地面均匀铺上几厘米厚的柴火灰，熊熊的火苗从火垅中蹿起来，火苗舔着鼎锅，嘀咕作响，待到开水沸腾，冲沏一壶浓茶，煨在明火边的热灰中。一家人围坐火塘，喝着热茶，嗑着瓜子，盘算这一年的收成。偶有乡邻串门，一杯茶，一支烟，陈年往事、小村过往、山外奇闻，都是唠嗑的话题。火塘上方，布列着一排排整齐的铁钩，悬垂在离地面大约 1.5 米的高处，沉甸甸地挂满了刚刚腌渍沥干的年猪肉。每一块被分割成五六寸宽的长条，用棕叶搓绳编织的冒子串着，悬挂在铁钉上，里脊五花、前腿后腿、猪头正排，各就各位。墙边堆满冬季从山上挖掘晒干的枯树兜，还有风干的陈皮、柏树枝。抓一把丢进火里，火苗迅速腾蹿，木本的清香飘过鼎锅上方的熏肉，消失在屋顶的瓦片间。白天劳作家中无人或夜晚睡觉时，就要灭了火塘里的明火，在上面覆盖锯末和陈皮，关上门，让满屋的浓烟与熏肉私语缠绵。

一场场冬雪飘落，年近了。

熏上 10 天左右，腊肉变得焦黄油亮，取一块烧皮，洗净，切成均匀小方块，撒上生姜、蒜瓣、花椒、干红辣椒，放入瓦罐，煨在火塘边，浓香扑鼻。窗外雪花纷飞，室内暖意荡漾。守着炉火，爷爷打盹，奶奶与小姑笑靥如花。漂泊的游子，走进熟悉的家门，抖落满身雪花，火塘边，一年的牵挂已煨成浓汤。

绿蚁新醅酒，红泥小火炉。晚来天欲雪，能饮一杯无？

白雪皑皑的村庄，寂静一片。

酿米酒

一碗香甜的米酒捧在手中，融融暖意驱走冬日严寒，甜了舌尖，醉了人心。

米酒的制作不容易，酵是难以把握的度。米酒主要用糯米酿制，先将生米摇筛，隔出细沙和谷粒，再浸泡 12—24 小时，淘清水，将米放入木甑，在柴火灶上加大火蒸熟。然后冷却至 30—35 度，按一定比例拌上曲面，即发酵粉，拌匀后装入盆中发酵。由于冬天气温低，母亲在制作时，常将米酒盆盖上细白纱布，用棉衣捂着埋进谷糠中，并在盆边放入热水袋、热水瓶，恒温30℃—35℃。经过24—36小时发酵，当闻到浓浓的酒香，香甜的米酒就可以出笼了。为了停止发酵，还要事先备好一盆冷开水，将米酒放入水中稀释，叫醒酒。然后用陶钵盛装，腊月做一次，年前年后可吃上20天。

土家人热情好客，春节时家里来了客人，如果过了正餐时间，或者匆忙，来不及做饭，一定会煮一碗米酒、汤圆或饺子，以示款待。做好的米酒放在陶钵中，每次依量取一点，加适量水放入锅中煮沸，喝汤，或打入荷包蛋，配上汤圆，是一道非常美味的甜食。

磨汤圆

桂花香馅裹胡桃，江米如珠井水淘。见说马家滴粉好，试灯风里卖元宵。

正月十五元宵节，一年中第一个月圆之夜。天空皓月高悬，街市彩灯万盏，人们出门赏月、燃灯放焰火、猜灯谜、吃汤圆。

汤圆取团圆之意，象征全家人团团圆圆，和睦幸福，寄托了对未来生活的美好愿望。圆如满月，白如珍珠，香甜软糯，这道元宵节的上品佳肴，也是从腊月就开始备制了。

腊月里选晴好的天气，将糯米，也称阴米、年米，用水浸泡3天，每天换3次水，然后沥干，放进石碓里舂磨成粉。童年的记忆中，冬日暖阳斜斜地照在农家瓦屋上，家家户户的偏屋前，或大门旁，架着一方石碓。石碓的石臼埋进地下，臼面与地面齐平，在距离石臼一米外设一个支点——两根柱子的上方安一个原木扶手，下方架起一根粗横梁，横梁上装一根一丈多长的方木杠，头部装一只石杵，石杵正对臼心，然后运用杠杆原理，人用脚连续踩踏木杠，石碓就工作起来。舂碓是力气活，舂起来有节奏，有韵律。一人在碓头，在地臼里放入浸泡后的糯米粉，一勺一勺放进去。另一人在碓尾，脚踏木杠反复舂，不一会儿就会浑身发热，额头冒汗。碓尾擦汗的间隙里，碓头的人赶紧用勺子将石臼里的米粒拌匀，反复举锤落锤，再将舂好的细粉舀出，放入簸箕中晾晒。晾晒中每隔几小时用筷子翻匀，几天后彻底晒干，装入瓷坛。这种农耕的方式费时费力。现在省事多了，有了粉碎机，几分钟就完事。超市里不仅有现成的粉卖，还有各种馅料的汤圆，黑芝麻、桂花、豆沙、紫薯，却怎么也吃不出从前的味道。

搓汤圆比较艺术。温水和面，调匀，揪成一小块一小块，一个个搓圆，捏扁，加入各种各样的馅，再一个个搓成圆球，放入锅中沸腾的开水中。满锅珠玉翻滚，浮浮沉沉。翻滚几次，盛入白瓷汤碗。冷时硬中甜，热时软中绵，小勺入口，那真叫一个绵柔。

打豆腐

豆腐在中国的历史非常悠久，据说从汉高祖刘邦时，就有了这道营养美味的菜肴。土家人只有在过年和婚丧嫁娶时，才会打豆腐，也是因为传统工艺劳神费力。腊月里这个环节必不可少，蒸年糕、炸丸子的原料都需要豆腐。

腊月二十五，推磨打豆腐。打豆腐为什么会选择这一天呢？因为这天被称为"接玉帝"。传说玉皇大帝会在腊月二十五亲自下界视察人间善恶疾苦，然后决定来年的祸与福。所以，腊月二十五这天，家家户户都忙着祭祀祈福，希望来年有个好光景。豆腐的"腐"与"福"发音相似，做豆腐也就意味着在新年收获幸福。

民间制作豆腐的工艺非常复杂，这一天也就格外忙碌。一般要挑选颗粒饱满的黄豆，用细筛筛出沙粒，再浸泡12小时。支好石磨，石磨下放一个大盆，盆上搁一木制的"丁"字形架子，系上细白纱布，过滤用。支好后，将泡得鼓鼓的豆子，和着水，一勺一勺放进磨眼里，推磨碾压。先朝前一推，然后再往怀里一带，这样就转了一圈。一般是男人推磨，女人喂磨，男的一圈一圈，女的一勺一勺，看着雪白的粗浆从磨缝边缘压出。半天下来，腰酸臂疼。

磨浆完毕，就要生火煮浆了。此时一定要把握好火候，火小煮不开，火大了，不仅煳锅，还满锅外溢。煮好后，将白白的豆浆用纱布和支架过滤，舀进大瓦缸中，缓缓倒入石膏水，然后不停地用小勺来回荡着，不一会儿，豆浆凝固，能舀出一碗碗鲜嫩的豆花。豆腐点卤起锅的那一刻，一张金黄色的豆腐衣在浓浓的豆腐浆中率先结出，这种豆腐衣特别有营养，一般会留给小孩子吃。我们迫不及待尝鲜，加入白糖，吃上一大碗，这一天的午餐就免了。母亲有点卤的绝活，每年腊月二十五，放下自家忙年的事，给各家各户下石膏，一路小跑，这一天，我们忙得一顿饭也吃不上。就着豆花与灶里的红薯、土豆充饥，这份辛劳，想必让玉皇大帝也感动得不行。

豆花形成后，就可以压豆腐了。父亲拿出木制的豆腐箱，铺上纱布，将豆花倒入，把纱布系紧，在箱盖上加压石磨等重物，豆花里面的水哗哗地往下流。那珠帘似的水，暖暖的。豆腐压出的淡浆有白净肌肤、乌发亮发功效，可预防来年长痱子，因此这一天我们用淡浆水泡澡。几个小时后，移开石磨，如砖厚的豆腐就制好了，划成《新华字典》大小的方块，放入木桶中，用清水浸泡着，煎、炸、煮、烧，做法多样，风味各异。

煮魔芋

魔芋又名蒟蒻，自古以来有"去肠砂"之称。尤其在春节期间，人们吃腻了大鱼大肉，这道除油减脂的小菜，风味独特，备受欢迎。

魔芋喜阴，生长在疏林下。春天，芋笋顶着肉色的头帕悄然探出头，如神舟待发，如铁戟临战。然后一天一个样，伸展四肢，枝繁叶茂，根部长出硕大的果实。魔芋的果实呈块茎状，埋在疏松的土壤中。

每年腊月，我们从屋后的果园里，挖出一个个奇形怪状、大小不一的魔芋果。首先将嫩芽掰下，埋入沙土中，待到来年再发，然后加工。由于魔芋汁有一定的碱性，手沾上后又痒又麻，所以我们会戴上橡胶手套，将其洗净、去皮，用剪刀戳着，在擂钵上反复摩擦，磨成细细的、泡沫很丰富的原浆。再平摊到木板上或方盒中，待冷却凝固，用刀划成薄薄的小方块，放入锅中用沸水煮，或蒸。水中放入适量的食用碱，灰色的魔芋煮后慢慢变硬，将其捞出，冷水浸泡。细细切丝，佐以葱姜蒜、花椒粉、辣椒面，炒成一盘，清爽可口。

蒸年糕

巴楚菜肴，十碗八扣。

宴席上菜的顺序非常讲究，其中第一碗必是"三鲜头菜"，又名合家欢。这道菜以鱼糕和肉糕为主，加上猪肝、腰花、鱿鱼三鲜，辅以黄花菜、黑木耳、玉兰片、西兰花等配料，红烧而成。盛放在很大的汤盘中，色泽艳丽，质软鲜嫩。

年糕，又名"夷花糕""湘妃糕"，发源于春秋战国时期的楚国地区，是宜昌、荆沙一带的传统佳肴。它以鱼糜、鸡蛋、猪肉、淀粉为主要原料加工蒸制而成，入口鲜香嫩滑，清香可口。既是婚丧嫁娶、喜庆宴会上的主菜和头菜，团年宴上也必不可少。

为了保证过年的新鲜，我们一般选择在腊月二十九或腊月三十蒸年糕。年糕制作主要有采肉、擂溃、拌和、笼蒸、冷晾共五道工序。

第一道是采肉。将新鲜鲢鱼去头、去内脏、去鳞，冲洗干净，沥去表面水分，然后用锋利的薄刀剖成一片一片的。第二道是擂溃。首先要仔细去掉鱼刺，然后将鱼肉细细剁碎。如果是肉糕，就简单些，一般选上好的五花肉，去皮，切成小片，放在砧板上反复剁，或者直接用机器绞碎。第三道是拌和，之前要做一些准备。用冷水浸泡苕粉一段时间，或用生粉做芡，倒入擂碎的鱼肉、蛋清和切得细细的生姜、蒜末，依口味轻重，撒上辣椒面、花椒或胡椒粉、盐，搅拌均匀。第四道是笼蒸。在蒸笼内铺上干净的细白纱布，将拌匀的馅料装入，锅中放入适量的水，以蒸笼下边沿没水两寸左右为宜，既要保证足够的蒸汽，又要让水在沸腾时，不接触到糕体底部，以免冲淡味道。然后用大火蒸上25分钟，就可以闻到扑鼻的香味，年糕也蒸熟了。这时揭开蒸笼盖子，用干燥的细白纱布去掉面上的油沫和水分，将蛋黄打匀，均匀抹上糕面，再蒸1—2分钟，取出。第五道是冷晾。年糕出锅后，放在蒸笼上冷却。为了颜色鲜艳好看，我们通常用竹签蘸点红墨水，洒在金黄的糕面上，寓意来年红红火火。一道漂亮的蒸菜做成了，营养丰富，色香味俱全。

炸丸子

与年糕同时制作的，还有一道菜肴——炸丸子。

丸子与汤圆一样，暗含团圆之意，有荤素之分。荤菜有肉丸和鱼肉，用料同年糕一样，只是一个水蒸、一个煎炸。素丸有很多种，香芋地瓜、豆腐白菜、红薯面丸。这些食材在农村非常丰富，一般过年时都会各准备一些。

比起鱼丸和肉九，素丸的制作要简单一些。例如，红薯面丸，只需要将洗净的红薯放进锅内蒸熟或煮熟，剥皮，然后放进碗里捣碎呈泥状。待到冷却，加入少量面粉、玉米面拌匀就可以了。

我在第一次尝试的时候，温度没有把握好，犯了心急的错误，让自己苦不堪言。那天我像手术医生一样做了充分的准备，剪指甲，用肥皂和盐水反复洗手，穿上厨师的白大褂，准备给团年宴献上一道表皮酥脆、内心甜润的红薯面丸。香油、面粉、红薯、锅、碗、瓢、盆、勺，一切准备就绪。红薯出锅了，看着去皮后热气腾腾、香喷喷的红薯泥，我将事先准备好的面粉迫不及待倒了进去，发现越和越稀，没法捏上手，便不停加面粉，眼看大半袋面粉用完，只好将就着搓捏。稀烂的薯泥沾得满手都是，薯丸怎么也搓不圆。看母亲平常变魔术似的捏出一个个匀而圆的小乒乓球，手上干干净净。我真有些急了。原来是薯泥没有冷透就和面了，热泥和面自然就稀，还沾手。母亲指导我在薯泥中加入一些玉米面，又在手上抹了香油，就好多了。只是辅料添加太多，原先的容器都装不下了。那天晚上我一直坐在那儿搓面丸，搓了一盘又一盘，直到凌晨，坐在那儿浑身发冷，双脚生疼，眼皮直打架，现在想起就犯困。

　　煎炸就轻松多了，主要是把握火候。倒入半锅油，烧热，将小丸子一个个沿锅边滚进去，等到面皮酥黄时，调至文火，用筷子搅和，再用漏勺捞起。

　　那次实在准备太多，母亲给周围邻居各端去一大碗，春节里我们还是吃了很久。而且由于面粉和薯泥的比例不得当，口感也不如往年酥软。以后经过几次尝试，终于达到预期效果。有些看似简单的事情，学起来也不那么容易。细节决定成败。

炒干货

　　炒干货的艰辛，有点像我第一次做丸子。

　　年年有春节，岁岁有今朝，炒干货的记忆，从我记事那年就开始了。三十年前伴着昏黄的煤油灯，三十年后是明亮的电灯。母亲站在灶台边，和着热沙，一锅一锅翻炒，玉米苞、苕酥条、瓜子、花生，每一样都要装满家中的坛坛罐罐。从早到晚，这种简单机械的劳动重复一整天。每年的这一天，我们都要忙到凌晨。

　　民间有谚语："七不炒，八不闹。"也就是说，腊月炒年货要避开腊月二十七和二十八两天，表达对邻里和睦、家人祥和的期盼。所以一般选择在腊月二十至腊月二十六这几天。

　　天气晴好的日子，母亲将优质、颗粒饱满的干玉米粒煮熟，放在阳光下晾晒，风干水分。苕酥条就复杂一些，去皮、洗净，切成细条，放入开水中焯，不太熟时，沥起，在阳光下晒干。如果喜欢甜食口味，可以在煮时加点白糖。

太阳落山，农家的屋顶飘起炊烟。灶门口堆满成捆的硬柴，锅里噼啪炸响，炒干货的夜晚开始了。首先是煅沙，父亲从河滩上淘回颗粒均匀的河沙，一般是绿豆粒大小。母亲将它淘洗干净，用桐油煅至滚烫，加入白天晒好的玉米，每次约一大碗，匀火，在锅中反复翻炒，至酥脆，用筛子隔出细沙，摊入簸箕中。每一锅需要约 20 分钟，我们每年要炒上五六锅。紧接着还有苕酥条、瓜子、花生，一勺一勺翻炒，一晚二十几锅，时间不知不觉就到了下半夜。

第一锅干货起锅的时候，我们有说不出的兴奋，隔了一年的香味啊，在期盼中到来了。有时心急，等不到酥脆，也会在锅中捞上几颗尝尝，热烫烫的，从软吃到硬。每次母亲问，好了没？我摇头说不知道，再尝一点，母亲就会说声"小馋猫"或"糊涂虫"，冷的吃完了有热的，热的吃完了有冷的。吃了玉米吃薯条，吃完薯条吃瓜子和花生。人没灶台高，主要任务就是吃，解了馋，往往也坏了胃口，一连几天没有食欲。

有时站久了，腿麻，母亲拿椅背抵在身后靠着，一晚下来，还是腰酸背痛。所以炒干货，很讲究分工合作。一家人围在厨房里，我们小孩子的任务，主要是吃，站在旁边一勺一勺、一锅一锅数数。稍大点的时候，坐在灶门口帮忙烧火，炒干货一定要柴硬、火大。父亲也在吃的队伍中，有时给母亲换换手，在锅里翻炒一阵子，这时母亲会过来检查我们将火弄好了没，然后端起簸箕，将已起锅的干货簸摇，滤出空壳、瘪货，再装入坛中。看母亲炒得辛苦，我试着站到灶台边挥铲翻炒，只有几下就胳膊酸疼，败下阵来。

慢慢地，吃的兴趣没有了，睡意来了。有时坐在灶门口，不知不觉就睡着了。母亲发现炒成了冷锅，赶到灶门口添柴，我很不情愿地被摇醒，简单洗了脸，泡了脚，迷迷糊糊就上床睡了。

　　第二天起床，发现柜子上摆满了坛坛罐罐。家里来了客人，一样抓出一盘，再配些糕点，边吃边聊，春节就一天天过去了。

　　现在方便多了，一年四季，都可以在街上买到现成的炒货。怕母亲墨守成规，重复昨天的机械劳动，每年我都早早买好，让她不要再准备了。她会在电话中嘀咕，这年还有什么味呢？

　　人间有味是清欢，我们烹饪了好时光。

心灵的守望

20年前离开故乡的时候，我未曾想到归期。

回头望望身后薄雾笼罩的村庄，残月还未从天边隐退。晨起的老农已将耕牛牵到户外。牛在草甸上悠闲地吃着草，老农坐到田坎上，装好一袋旱烟，眯缝着眼吧嗒吧嗒。故居的门像往常一样虚掩着，屋内已经空空，我和父母将迁徙外地开始新的生活。

别了，老屋！别了，故园！心里涌起一丝不舍，很快就淡了。那一年我14岁，蓓蕾初绽的年龄，心中装满瑰丽的憧憬，我们向着朝阳升起的方向出发了。

这一别，我就再也回不去了。如今，清江河边这个名叫静安的小山村，已静静消隐成水下的村庄，所有关于童年和少年的回忆，也都沉到了江底。故园，生我养我的故园，再也不能重回你的怀抱，那山、那水，别梦依稀啊，还有留守的乡亲，是否一切安好？

归乡的脚步近了，我听见自己不安的心跳。这心情，像初恋时分月上柳梢的约会，既期许，又有莫名的惶恐，近乡情怯吧？与友人亦步亦趋，漫步亲水平台，家乡的县城，已然变了模样。原先是两条长长的老街，在山脚并肩延伸。一条喧嚣，车水马龙的热闹吸引着一拨拨进城赶集或走亲访友的乡邻，他们拎着鸡蛋、腊肉和新产的大米、茶叶走进亲戚家的单元楼，住上一两宿，带着亲友的赠予返回，再从街边的供销社、包子铺、日杂百货店里淘购出花花绿绿的床单、衣服，还有各种各样的副食点心、生活用品，将背篓装得满满当当，带回乡下的家，于是一路颠簸的归程有了丰衣足食的慰藉；另一条静寂，吊脚楼的一边插在江滩或江水中，在江风吹拂、晨雾与落日的余晖中如诗如画，另一边则被一条清幽的青石板巷连成一排，鳞次栉比，与对面的楼隔街相望。白发老媪、学龄孩童三三两两走过，间或有一两位讲究的中年妇女迎面而来，烫着卷发，拎着菜篮，步履悠闲，锃亮的高跟皮鞋在青石板上踩出叮咚的节奏，渐行渐远。

　　时光流逝，岁月远去。长阳县城，不再是大山深处、清江河畔的青涩少女，山外的文明与繁华一点点浸染渗透，让她的妆容变得精致时尚。吊脚楼不见了，取而代之的是春笋般涌现的高楼，沿江边一字排开，被冠以国际、古城、新城的称号，绵延数千米的亲水平台，一衣带水指向远方，让开门见山的长阳人视野变得开阔。江岸杨柳依依，花团锦簇，廊桥栈道，游人如织。夜幕下的长阳广场，灯火通明，巴山舞的欢快旋律，吸引来自四面八方的宾朋，情不自禁加入载歌载舞的人群。饶有兴致者，也可以在广场一角，静静聆听一段撒叶儿嗬和南曲的演唱。热闹与静寂，至情至性、热爱生活的长阳人，即使偏居一隅，也要一些诗情画意的情调，将生活整得有滋有味。揭开土家歌舞乡的神秘面纱，那些从繁华都市远道而来的人，为她清丽的容颜和隐隐的风情倾倒。宏图霸业谈笑间，不胜人生一场醉。在清江山水中荡涤那颗尘世的心，人生少了负重，多了澄澈。

　　我们向着码头的方向走，泊在岸边的那艘船，就要载我驶向记忆深处。登船，离岸，如屏的山峦向后移去，秋天的阳光倾泻在波光粼粼的水面和我们的身上，慵懒、温暖。忘却烦忧，时光静好，精致的农家小屋由远及近，缓缓移过。一丛丛芦苇，在江心的小岛上随风摇曳，芒花飞扬，唱一首洁白之歌，秋天的况味里有些许清欢。河，越发沉静，河水的安静使四周的景物历历。绕河而行的弧形公路，让县城与小镇津洋口首尾相望，此处名七里湾。高中时寄宿长阳一中，每隔半月两天假期，在我的翘首期盼中到来。放学铃声响起，我像出笼的鸟儿飞出校园，与同学们三五成群，沿着河边的路步行回家，十余里行程充满欢愉，总觉此处风景甚好。20年过去了，风景依旧。

身后的桥，让心情有些沉重。是因为10多年前，清江桥上跳下一对殉情的高中学生。男孩是外地转学而来的富家子弟，父母离异，在远离亲人的孤寂中对美丽的长阳女孩暗生情愫。女孩善良，温情的关怀使两颗心走近了。双方父母很不安，他和她学习成绩优异，应该有美好的前程，他们决定将男孩转走，而他，不想回到那个破碎的家，失去这唯一温暖美好的爱情，从桥上跳下。她没能拉住他的手，以同样的方式跃入水中。生命之花还未绽放便已凋零，留下悲恸的父母与凄美的爱情故事。家乡的女子总是这般多情，廪君与盐池女神的爱情至今仍在清江河畔传说，她宁愿被自己所爱的人射杀，也要苦苦挽留那长相厮守的爱情，而他为了开拓疆域，义无反顾，没有回头，只在功成名就时对她有一些歉疚。这大概就是清江山水的滋润，男人山一样的雄心壮志里融入了女人水样的柔情。

船靠码头，目光及岸，心情欣喜。一幢幢红色的小楼矗立清江河畔，掩映于绿树丛中，午后的阳光从宽大的露台与玻璃窗上洒下来，再从树叶的间隙中投下斑驳的剪影。金黄的桤果与红得透亮的火棘在房前沉甸甸地挂着，默默散发着秋天的气息。远处的群山依旧静默，任由波涛拍打着岸和船，欢闹着。拾级而上，我有些恍惚。曾经的故园，我以为我再也回不去了，连回忆都在模糊。这似曾相识的熟悉，我仿佛回到了清江河边的家，重回了无忧的童年和少年时光。我是那个河边汲水浣衣的女子，挽着篮子，提着棒槌，在清澈的河水里漂洗五彩的心情，或者推开一扇窗，望望江景，伸个懒腰，再回到灶堂前，添一把柴火，灶台上开始饭菜飘香。

"清江山水"敞开怀抱接纳了我们，在小区里行走，每一处都有着别样的景致，或曲径通幽，或凭栏远眺，山水美景尽收眼底。生活在喧闹的都市，不是一直在梦想这样一份诗意的栖居吗？倘若能回到遥远的唐朝与宋朝，我愿就在这山水的守望中寄居一隅，一床、一桌、一椅，一个可以燃木柴的壁炉，然后与友人短笺：君不妨常来小住，三五日全随你意……

茅　屋

旧园今在否，新树也应栽。

柳行疏密布，茅斋宽窄裁。

经移何处竹，别种几株梅。

渠当无绝水，石计总生苔。

院果谁先熟，林花那后开。

——引王绩《在京思故国见乡人问》

走在怀旧的路上，我想着这样一间茅屋。

在20年前的故乡，那一小片低矮的茅屋仍依稀可见，像黛眉一样傍依着清江两岸拔地而起的绝壁峭岩，为清江的古老沧桑涂抹着温馨的色彩，渲染着生活的气息。童年的回忆里最难忘飞鸿掠影霞抹天的黄昏，随着茅屋上空袅袅飘起的炊烟，艄公的号子、樵夫的吆喝在夕阳里归隐进一扇扇虚掩的柴扉。灶堂里柴火烈烈燃烧，土家女子清丽的容颜在日复一日的烟熏火燎中渐渐染霜；灶台上饭菜飘香，土家汉子躬耕一天的疲劳在热气腾腾的咀嚼里消散。日出而作，日落而息，多少年来，勤劳质朴的土家人临河而居，粗茶淡饭品味岁月的悠长。

这样的日子年复一年，当隔河岩隆隆的炮声唤醒沉睡的土家山寨，也打破了茅屋生活的宁静。水位渐长，世代生息的家园渐渐消隐成水下的村庄，熟悉的乡邻或举家外迁，或沿屋后山坡向上迁徙。那浩浩荡荡的一江碧水既见证了一步三回首、挥泪别故园的依依难舍之情，也是流淌在土家人心田的希冀和对富裕生活的憧憬。当一幢幢白色的小楼在清江河畔拔地而起时，住茅屋的贫寒日子就这样一去不复返了，柴火灶上的饭菜成了梦里挥之不去的香甜。

茅屋于我是一种难以释怀的乡居情结。离乡多年的日子，我早已现实地契入了这喧嚣的城市生活：鳞次栉比的高楼间渗透了生计的忙碌和适者生存的忧虑，人流、车流充塞的繁华街道上飘出靡靡之音，迷茫的都市人用音乐的旋律排遣着心情的郁闷，轻吟着爱情的无奈，夜幕中那闪闪的霓虹让都市的眼太媚，充斥了太多的物欲和诱惑。在这样的喧嚣浮华中，我像一粒纤微的尘，飘忽不定，起起落落的心境充满希冀又充满失落，越来越多的生活泪水浸润了疲惫和茫然。我是那样的想念茅屋，想念那份久违的闲适、质朴与宁静。许多个夜深人静的时候，我的思绪在故乡的山山水水间游走。"清江一曲抱村流，长夏江村事事幽"，一方湛蓝的天空下，碧水环绕村庄，茅屋沐浴清风，聆听着溪涧流水潺潺，那房前屋后常是花果葱茏、菜圃青青，或竹掩槿篱、曲径通幽。和谐、宁静、淳朴弥漫在农田村舍的每一个角落，那样简陋的茅屋里盛载了单纯执着的情感和忠贞的婚姻。每每此时，故乡的鸡鸣狗吠与夜不闭户的淳朴便如一种音乐，伴和着淙淙溪流声在心中流过来淌过去。这音乐是纯净的，荡涤着我尘杂的心。这样的夜晚，即使失眠都变得诗意盎然。

前年十月，我回乡为奶奶过世十周年祭坟。阔别已久，双脚踏上这多年来让我魂牵梦绕的故土，已有太多的物是人非。那河边的沙滩、村口的古树下都曾印下我童年的足迹，如今却已沉在水底。曾经宽敞明亮的老屋只剩下断壁残垣，孤零零矗立在江边，离江水仅几步之遥，像一位饱经沧桑的老人，风烛残年的躯体仍在执着守候着，期盼着游子的归来。我在房前屋后慢悠悠地走，四周静极了。小径上长满杂草，偶尔踏上一块瓦块的碎片，发出很清脆的断裂声。已是深秋了，屋后的果树上挂着熟透的柿子和柚子，却无人摘采。离正屋不远的地方，曾搭有一间茅屋，是专门用来堆放柴火的，也是儿时我和小伙伴们捉迷藏时最爱去的地方，那样一间小小的屋子，曾洋溢了多少童真的欢笑和无忧，如今也已坍塌了。我的回忆无处可寻，心中有说不出的凄凉。站在飒飒的秋风中，想到杜甫的《茅屋为秋风所破歌》，那一份思古之幽情在心头弥漫开来。放眼江面，我仿佛看见了盐池女神哀怨的眼神，看见了向王天子撕心裂肺一声长叹后的一去不回。深沉的忧国忧民之思，柔肠千转的凄美爱情，先祖寻梦的艰辛与执着就这样萦绕着、交织着，充实着我怀旧的情感。

"野老篱边江岸回，柴门不正逐江开""但有故人供禄米，微躯此外更何求"，这样的诗句出自贫寒的茅屋布衣，是何等的淡泊与超脱。世事变迁中，又何必为自己平添那么多无谓的烦恼呢？倘若以一颗平常的淡泊之心静观世事繁华，即使置身于郊野茅舍中，又何尝不可以其乐融融？

心安之处便是家。古楠接茅亭，绵竹上青霄。这样一间茅屋便永驻我心了，无论身处何方，都可以容纳我的归思、我的怀旧和对生活点点滴滴的感悟。

篝火巴山舞

巴山舞是土家族的民族舞蹈，由民间古老的"跳丧"经舞蹈工作者收集整理，改革创新而发展起来，如今已风靡成"南国秧歌"。《人民日报》海外版曾撰文指出："当众多的进口娱乐性舞蹈风靡一时之际，重山叠峰中的巴山舞却占据了那么多朴实的心灵，这种文化景观，带给人们许多思考，至少，它开拓、展示了一片独特的审美领域。"

生活的小城里，每天晚上，总有成百上千的人聚在广场上学跳巴山舞，偶尔兴趣所致，我也会混进人群中舞上一回。依然是那样熟悉的旋律，但因为缺少了篝火，在花岗岩水磨石的地面上，无论多么热闹的场景却再也感受不到那种原始的激情与欢乐气氛（而这也许正是巴山舞的神韵所在），心中就有一些失落，我便越发想念大山深处那激情燃烧的篝火巴山舞。

每年正月初一至十五，整个土家山寨的上空飘着浓郁的过年的气息，辛勤劳作了一年的人们走亲访友，围着火塘闲话桑麻，尽享这半月的闲适。至元宵节，便要隆重庆贺这春节的最后一天。白天，青壮年男女组成的龙灯和采莲船队伍走村串户地表演。当夜幕降临在群山环抱中的村庄，晒谷场上燃起熊熊的篝火，烈烈火焰在大如磐石的枯树蔸上跳跃着，腾向几米高的空中，噼啪炸响。"跳起欢乐的巴山舞呃，鸳鸯戏水在身旁，唱起嘹亮的土家歌呃，幸福生活万年长……"响亮的歌声划破苍穹，几十上百人围着火堆跳起活泼欢快的巴山舞。"巴山摇""半边月""四合""风摆柳""双龙摆尾""喜鹊登枝"，随着章节的不同，或独舞，或两人对跳，或所有的人围成一个大圆圈手拉手地跳。自由奔放的舞姿里，女人舒展的肢体像清江水一样的柔美，男人矫健的英姿像空中盘旋的苍鹰。熊熊燃烧的火焰映红一张张流光溢彩的脸。人们尽情地载歌载舞，把丰收的喜悦、劳动的场景、美好的祝愿，用身体的摇摆扭动无拘无束地展现。在那样寒冷的冬季，在篝火旁奔放的舞姿里，即使着薄薄的衣衫也常是汗流满面。

熊熊的篝火，燃旺了土家的欢乐，灿烂的笑脸，如醉人的苞谷美酒，酿着土家人的热情和希望。这样的狂欢情景通常要持续到午夜时分才会结束，直至那一堆篝火慢慢燃尽，人们才带着劲舞后的兴奋和疲倦依依不舍地离去，但这样的回忆在心中却是永远。

烟雨清江

　　舟在水上走，人在画中游。这次回故乡，再次领略了清江的美丽风光。

　　淡似春烟轻似梦的蒙蒙细雨给天地罩一层神秘的面纱，如梦似幻、脉脉含情的满河碧水显得含蓄而深沉，缓缓流淌。山伟岸的身影倒映于水中，使水的容颜更显秀丽。这烟雨里的清江，你可是那蒙着花盖的土家新娘，哭嫁的唢呐声声里，眼里闪着点点泪花，你是在为禀君与盐池女神的南柯一梦而哭泣吗？又或是河边汲水的少女，青青碧水浣洗你美丽的面庞。

　　置身万顷碧波间，清新的河风扑面而来，使人倍觉神清气爽。一路但见两岸青山连绵，盈盈拜退。绵延的群山或苍劲古朴，或浑圆秀气，或安详典雅，仪态万千。幢幢白色小楼如一粒粒明珠撒落在清江河畔，掩映于绿树丛中。碧绿的清江像一条绿色的玉带在山底蜿蜒盘旋，亮染叠绿，微波不兴，静静诉说着千百年来下里巴人的兴衰与荣辱。

　　叶叶扁舟载着古铜色肌肤的渔人摇橹而去，在宁静的河面划一道长长的波痕，我便在这长长的水波里梦寻着童年的故园：古柳荫荫的渡口，几棵苍劲的古树苦苦地为渡口撑一片绿荫，一只乌篷的渡船在江风的拍打里吱吱摇曳，夕阳里欢乐奔腾的小河泛着点点金光，几只归巢的白鹤嬉戏于古柳的枝头，在地上落下斑驳的剪影……还有那曾经响彻着乡音和燃起袅袅炊烟的古老村庄，从此都已只能让我在午夜的清梦里低回怀想了，无边的细雨落我一身清凉，在滴水的发梢萦绕成一片浓浓的乡愁。一江碧水淹没了古巴人世代繁衍的家园，偶有树冠的枝头拂出水面，那便是消湮于水下的乡镇留下的岁月的最后陈迹。

"向王天子一支角，吹出一条清江河"，山谷间回荡着一首古朴苍劲的旋律。在土家文化的发祥地，这个巴人最初繁衍生息的地方，我驻足仰首。昔日巍巍武落钟离山，今只是清江百岛之湖中一风光旖旎的小岛，百级青石台阶至河边向山顶延伸，直向峰顶红墙琉璃的寺庙与亭阁，一路游人络绎不绝，朵朵伞花和顶顶花轿在山腰里若隐若现，黄衣红襟的土家轿夫用粗犷的歌喉尽展土家风情，吼出一曲生命的原始歌谣。烟雨里的清江如诗、如歌、如画。

在廪君虔诚寻梦的足迹里我溯江而上，追寻着人类生生不息的生命之源。一路风景如画。招来河的温泉一洗世事风尘，盐池女神的美丽传说，巴山溶洞的巍伟壮观、巧夺天工，日月山庄里的歌舞升平、土家风情令多少游客流连忘返，清江的旖旎风光化作土家儿女心中篇篇的诗行。清江之美似漓江，八百里绿茵如屏浩浩荡荡流淌千年传诵土家先祖悲壮而凄美的爱情故事轻吟着悠悠的家园，千古清江航道耕耘着一个民族艰辛跋涉的脚印走过背篓吊脚楼的历史。曾几何时，隔河岩隆隆的炮声唤醒沉睡的土家山寨，八百里清江被截断，高峡出平湖的神话在建设者勤劳与智慧的结晶里变成现实。一江碧水孕育着一份深沉的希望，成为土家儿女奔向幸福的摇篮。

细雨如丝，一种绵绵的乡思汇成一条清清的小河，在我心头缓缓流淌。

拾浪柴的回忆

　　我的童年在清江河边度过，每年汛期，清江河堤上灯火点点，几百人的队伍沿河堤摆开，从浊浪滔天的河水中捡拾浪柴，是非常壮观的景象。

　　夏季连续几天暴雨后，清江河水上涨，沿岸良田被淹没，满河漂荡着原木、树枝和未成熟的玉米、南瓜及其他杂物。这些波浪中的原木树枝被我们称为浪柴，有些是山上的树木被滑坡泥石流连根拔起，冲刷到河里；有些是沿岸山民砍伐后堆积在林间和低洼处的柴火木料，还有林业站堆放的原木，泊在岸边的木排被冲散，一场暴雨后全部漂到河中。对于清江河边的乡亲来说，这是河水赐给我们的宝物，无论多忙多累，也要抓紧机会，选取洄水处连夜捡浪柴。经常是全家劳力齐齐出动，每家每户按先来后到的顺序选取适合的位置。

　　与浊浪滔天的洪水搏斗，这是一项危险性很高的作业，遇到大树等上好木柴时，邻里之间就会相互帮助。先选取一名水性较好的壮劳力，占据山头或洄水处等险要位置，用棕绳将抛钩扔向江中木柴成堆的地方，再用力回拉，然后将抛钩中的木柴取下，抱转到地势较高的地方，等到第二天就地晾晒，再运回家中。女人们则站在岸边较安全的地方，用钉耙将洄水中一些较轻的枝杈棍棒捞上岸。遇上暴风雨的夜晚，雨衣、斗笠、蓑衣、手电、马灯、火把全部派上用场，有时要连续奋战数十小时，直到体力不支或洪水退去。随着水位不断上涨，还要将拾捡的浪柴不断向地势偏高处转移，拾捡的位置也要依水势变化挪移。在伸手不见五指的风雨夜捡浪柴，不仅要有搏击激流的勇气，还要有甄别良莠的火眼金睛。抛钩下去，若是软泡之物，多是死猪死羊，就要用力推开；若沉，极可能是上好的木材，也可能是河岸被淹没的灌木丛。此时一定要用力站稳脚跟，否则会连人带物落入水中。洄水处巨大的漩涡一个接着一个，人一旦落水，很难正常上岸。这时邻居们都会停下手中的作业，过来施救。若遇上好原木，乡亲们觉悟较高，知道属于国家所有，也会主动放弃。

捡浪柴的方式有很多，钩、拉、背、扒、推、抬，十八般武艺全用上。还分涨水与退水，涨水时要一鼓作气，看那波浪翻滚，满河木材漂荡，便只选最好的，风雨交加中用尽吃奶的力气，将那些粗壮的树干拖上岸，不停转运换点，累到筋疲力尽。退水时则轻松许多，这时风停雨驻，河流慢慢恢复往日的平静，人站在离水很近的位置，只需用耙子将柴火轻轻抓向岸边，不用转运，就地晾干。

一夜风雨，浑身湿透。我的乡亲们不仅勇敢，而且善良。听村中老人讲，1978年夏天曾发生惊魂一幕。当天夜里，河水暴涨，河中漂来活苗大树，河中心传来呼救声。他们集齐火把，只见一个人紧抱大树在江中心沉浮，善良的村民们扼腕叹息，却无力施救，只能眼睁睁看着活人顺江漂流。当时通信不畅，有热心的人连夜跋涉数小时赶到乡政府求助，通过摇把电话与下游联系，组织施救，创造了生命的奇迹。那人在宜都鄢沱被救起，原来他从恩施落水，一路漂流300公里，跨越3个县市。

由于山路险峻，山洪暴发时常有人不慎落入水中，或者全家人随家具一起冲下，也有木排与人一起冲来。可能是放木排的人遇河水暴涨未来得及逃生。天亮时分，人们常会发现河中漂来尸体。善良的村民会将其移到岸上，通知民政、公安部门处理，或就地掩埋沙中，沿江告知。两天后，有家属寻到此地，将尸体取出。阴阳相隔，沙滩上悲恸哭号，亲属们在此处烧上火纸，对死者声声呼唤，收敛后运回故土安葬。像湘西的赶尸，却体现了对生命的敬畏和死者的尊重。

　　每年汛期，捡上几次浪柴后，一年的柴火便有了着落，腊月里基本不用上山砍柴了。所以河边的村落比其他地方显得丰衣足食些，一望无垠的稻田有了溪水与河水的灌溉，稻穗沉甸甸地弯着腰，预示着一年的好收成。成捆的浪柴堆满农家院落，腊月里围着火塘闲话桑麻，鼎锅嘀咕，日子就这么悠闲地过着。闲下来的乡亲在房前屋后栽花种草，月季、牡丹、芍药、大丽菊、十阳景、美人蕉，一丛丛，一簇簇，农家小院里蝶飞蜂舞、瓜果飘香。晒浪柴的地方，更是我和小伙伴的乐园。夏天天气晴好，各家各户将捞拾的浪柴在河滩上翻开晾晒，按粗细分捡打捆，边晒边搬运回家中。于是家家户户的稻场和房前屋后都堆满了晒干的浪柴，一捆捆整齐摆放。我们在柴火堆里捉迷藏，玩打仗的游戏。枝枝杈杈中常能淘出女孩子喜欢的塑料花叶和漂亮的瓶瓶罐罐，我们还可以就地过家家。这种浪柴特别好烧，树干被江水冲洗得干干净净，无枝无蔓，又在太阳下被晒成白灰色或炭黑色。生火时小枝易燃，做引火，禾棒火硬，大都留到过年时蒸糕、煮排骨、打豆腐时使用。塞上满满一灶，无须守着添火，灶台上热气腾腾，饭菜飘香。

　　90 年代，清江下游相继修建了隔河岩和高坝洲水电站，清江河水失去往日的欢腾，拾浪柴的情景也一去不复返了。

桐子花开

故乡有许多油桐树。每到春天，满山遍野的桐子花散发出浓郁的芬芳，整个村庄都沉浸在一片花的海洋里。

油桐树形修长高大，树冠水平展开，满树的花朵粉白相间，恣意绽放，袅袅娜娜依崖而踞、临溪而立。

这种花虽然美丽，花期却很短，两三个星期后，忽如一夜风雨，落红缤纷一地。这短暂而热烈的绽放，像母亲和外婆她们在动荡岁月中的青春，有些伤感的美丽。

花开花落，之后是满树的果实。桐树的生命力非常顽强，能耐干旱贫瘠的土地，桐果外壳坚硬，用途广泛，果油是很好的工业染料和防腐剂。

我喜欢桐子花开的美丽，更钟情于桐树的朴素、坚韧和永恒。是因为我身边的亲人们，外婆、母亲、姨妈、小姨，她们的风雨人生路，很好地诠释了爱情和婚姻的真谛。让我既倾心桐子花般绚烂美丽的爱情，也倍加珍惜平淡婚姻中的相守。

人的一生会遇上两个重要的人，一个惊艳了时光，一个温柔了岁月。

一盏青灯

外公与外婆的爱情婚姻有着美好的开端：门当户对，品貌俱佳，情投意合。他们没有相伴到老，"文革"中外公含冤去世，之后的30多年里，外婆守着清江河畔的老房子，孤独走过了后半生的漫长岁月。

我没有见过外公。只有每次回去探望外婆时，桌上多摆放的一副空碗筷。每年清明祭日时，外婆带着子孙在外公墓前风雨无阻地祭奠，知道这个人一直顽固地住在外婆的心里，不曾离去。外公的遗像，有少帅张学良的神韵，始终摆放在外婆床前的柜子上。从这个男人的眉宇间，我想象她们曾经的情深意笃。

对于我的探究，孤单的外婆很愿意分享。外婆出生在地主家庭，外曾祖父比较开明，知道裹足痛苦，让她一双大脚自由长到18岁，没有指腹为婚，还让她读了私塾。一日，她坐在庭院里刺绣，对面山上走来一人，是一个多年不曾走动的远方亲戚。当晚住下后闲聊，问及外婆的年龄和生辰八字，说该嫁了。刚好他认识一个人，很合适。一表人才，是个洋学生，家境也不错，在街上开了绸缎店和染坊。不久后他们见面了，一见倾心，双方父母也满意，很快就定下婚期。

婚后他们经历了战乱，流离动荡的岁月里相扶相携，养育四个儿女。三年自然灾害期间，饿死不少人，面对饥饿，人性也扭曲了。村里有一户人家，大人特别能吃，一次分粮后，一餐吃下四大碗，却让一双儿女活活饿死。那时外公是公家人，家中只有外婆一个劳力，分到的粮食自然就少，母亲她们都还年幼，四张小嘴张口等吃。为了充饥，外婆就到山上挖野菜，切细后和点玉米面煮粥，偶尔在碗里发现一丁点没有搅散的玉米疙瘩，不是大人挑给孩子，就是孩子挑给大人，在大人、孩子、夫妻之间的碗里让来让去。一家人和气谦让，艰难度过了饥荒岁月。

外婆对外公的深情，不仅仅是甘苦与共，还有精神的抚慰。"文革"中外公因是右派，受到批斗。知识分子的他，一贯清高，承受不起这种人格的羞辱，郁郁寡欢，得了肝癌。他万念俱灰，想回到乡下的家，与外婆和儿女们在一起，度过人生最后的时光。外婆对外公悉心照料，没有想到回到农村后，那些目不识丁的武斗派更野蛮，他们让病重的外公天天挂着牌子在村里游行，身心受到严重摧残。地主家庭出身的外婆同样被列为专政的对象，革委会诱逼她交代外公的罪行。外婆始终坚定地站在外公身边，坚信他没有罪，是被冤枉的。听说外公临终前，曾在离家不远的地方指了块地，希望百年后与外婆合葬在这里。后来兴修水利隔河岩工程，清江水位上涨，外公的坟茔就要沉到水下，外婆请人用石头和水泥做了加固。淹没后，她常站在河边，呆呆地望着那一河水出神。

一盏青灯，半生思念。

渡口守望

姨妈个子娇小，嗓音甜美，齐耳短发，一笑露出一口白白的牙齿。

看上去文文弱弱的姨妈，年轻时非常有个性。作为家中长女，中学毕业后，她没有像我的母亲那样，安心在家帮忙料理家务，照顾妹妹，而是选择了外出。当时修建峡江公路，要在各户抽调壮劳力，姨妈自告奋勇就去了。那个年代，外公的右派帽子和外婆的地主成分，让她们很受压制和歧视，她想逃离这个家庭，从繁重的体力劳动中寻求解脱。

在工地上，姨妈恋爱了。小伙子对她关心体贴，劳动之余，两人常在清江河畔和松树林中幽会，爱得痴缠。修路的三年里，姨妈很少回家。外婆她们听到风声后，了解到小伙子的家庭也是地主成分，很恐慌，急忙托人为姨妈寻了一户人家：中农，老门老户，家中只有一个儿子，还很忠厚。

春节前夕，姨妈听说外公病重，赶回家过年。提及这门亲事，无论外公外婆怎样苦口婆心劝说，热恋中的姨妈死活不从。外婆无奈，将姨妈反锁在家中。

腊月三十头一天，姨妈破窗逃走，母亲和小姨追赶到清江河边，求她回家。倔强的姨妈从地上拾起一根粗壮的木棍，狠心打在两个妹妹的腿上，说：

"你们要再逼我，今天我就跳进清江河里，死给你们看！"

母亲忍着疼痛，拉住姨妈的衣襟不松手。

这时，病重的外公拖着虚弱的身体赶上来，警告姨妈：

"你只想着你自己，给两个妹妹带的什么头？你走，今天我先跳进河里，死给你看，你还嫌我这个老右派被整得不够？"

外公气喘吁吁，上气不接下气。姨妈突然转过身，蹲在地上痛哭。

回去后，她关在屋里不吃不喝。9天后，姨父他们家请了唢呐响将，热热闹闹将姨妈接了过去。出嫁那天，姨妈双眼哭得红肿。

之后两年里，姨妈没有回娘家，不知她是在怨恨父母棒打鸳鸯的无情，还是想要努力忘记过去。

听说那个小伙子，在姨妈出嫁后，失魂落魄。后来，他在清江河上摆渡为生。那个渡口，是姨妈回娘家的必经之地。婚后两年，姨妈想念娘家的父母兄妹，回来的路上走了一程，怕见面后触景生情，又折回了。

外公外婆在自己的爱情婚姻中，矢志不渝，却狠心拆散了姨妈和她爱的人。爱情消逝，姨妈的青春很快枯萎了。记忆中很少看见姨妈笑，几十年中没见她穿过一件颜色鲜亮的衣服。年轻时的姨妈却很爱美，待字闺中时，小姨经常撒谎向外公外婆要钱添置新衣，姨妈也会不服气地争。

童年时我去姨妈家，那是什么样的老门老户呢？规矩多，封建思想特别严重。家里去了客人，女人不能坐到桌上吃饭，只能守在客人身后，不停为客人添饭。等到客人吃完后，才端一碗冷饭剩菜坐到灶门口吃。破土动工出行，做什么事都要看个日期方位。

姨妈每次回娘家，所带礼物都是公婆安排，到了，等外婆拆开，才知道是什么。回家的日子，也是公婆看好定好的，姐妹们想在一起多住一晚都不行。

心性自由的姨妈就在这个家庭里，压抑着、顺从着，她的勇敢、她的叛逆，被生活的艰辛荡涤得不见踪影。先后生养三个儿子，将失明的公爹和强势的公婆侍奉到90多岁。直到三个儿子娶妻生子，半辈子过去，她在家中都没有做主的权利。初中那年，姨妈破例向公婆要到15元钱，给我买了一件很花很鲜艳的衣服，非常高兴，弥补她没有女儿的缺憾，而平常，她生病了也很少买药，总是硬扛着。

那个痴情的人，念念不忘。在河上摆渡多年，每次姨妈过河，他都守在渡口，惆怅张望，直到姨妈的身影完全消失。他独身多年，一直到姨妈成为三个孩子的母亲，他才娶妻生子，听说他的妻子很贤惠，他又非常能干，日子越过越红火，如今是那一带的首富。

不知道姨妈的心中会作何感想？所幸姨爹勤劳忠厚，对姨妈也非常体贴。只是由于家中负担沉重，积劳成疾，落下严重的关节疾病，不能负重。三个儿子也相继参军和外出打工，里里外外，就靠姨妈操持，生活非常艰辛。

看着她一日日苍老，说话变得迂腐，想她心中的悲苦，让我们心酸。母亲经常愧疚，后悔当年不该强行将她拉回。如果姨妈如愿嫁给自己所爱的人，会怎么样呢？

前两年，孝顺的表弟将姨妈接到县城同住。姨妈从繁重的农活中解脱出来，儿媳对她也很好，一家人其乐融融，让我们欣慰。姨妈牵着孙子，脸上露出少有的笑容。听母亲讲，这两年姐妹仨在县城常聚，发现姨妈念叨最多的，是在老家留守的姨父。相濡以沫的亲情，已是彼此难以割舍的牵挂。爱情，如桐子花开，美丽过，绽放过，回首时封存在了记忆深处。

一条河的宽度，一生的守望。

精彩绽放

小姨是外公外婆娇宠的小女儿，她漂亮、任性、勇敢、乐观。努力攫取自己想要的东西，偶尔有些小手段，是我身边的斯嘉丽。

多年以前，天高云淡的宁馨秋天，我倚在窗前干净柔软的床上，进入女作家玛格丽特·米切尔笔下的世界，在美国南北战争的低沉氛围和女主人公斯嘉丽与阿希礼、瑞德的感情纠葛里震颤不已。

《飘》，又名《乱世佳人》，讲述美国内战时期，塔斯庄园美丽高贵的斯嘉丽小姐，不可遏止爱上了贵族邻居阿希礼。阿希礼英俊挺拔、温文尔雅，却娶了表妹玫兰妮为妻。这让斯嘉丽非常恼怒，赌气嫁给自己不爱的人。战争爆发，庄园被毁，斯嘉丽成为寡妇，又失去母亲，坚强的她勇敢挑起生活的重担。她热烈、率真、敢爱敢恨的个性为另一个男人关注，成熟老到、独立不羁的瑞德深爱她多年，耐心守护她。婚后她依然沉浸在对阿希礼虚幻的爱情中，让瑞德饱受感情折磨，失望离开。最后她才意识到自己真正爱的人是瑞德……

现实中，我的小姨比斯嘉丽幸运，她享受了"阿希礼"的恩宠，也获得了"瑞德"在事业上的帮助。她和斯嘉丽一样，始终坚信：明天，又是新的开始。

小姨年轻时是个美人，肤白胜雪，吹弹可破，大眼明亮，不同款式的衣服在她身上能穿出不同的味道。人也讲究，从发型、着装、配饰到家居布置，都精致得一丝不苟，年过半百风韵犹存，看上去只有30出头。

她能歌善舞，年轻时是公社文艺队的骨干。70年代，小山村里没有化妆品，为了追求舞台效果，小姨用柴火烧的炭条描出弯弯的眉，拿红墨水当口红涂嘴唇。当年她唱《红灯记》演铁梅的剧照，至今珍藏着。她还酷爱新衣和照相，那些年家中经济拮据，外公强调一点，不能让孩子们留病在身，有病一定要及时治疗。小姨经常给自己整出一两滴鼻血，向父母要了看病的钱，步行十几里路，来到繁华的都镇湾，扯回上好布料，按照最新款式做出漂亮的新衣，再穿上美美拍个照。心情好时，还会慰劳一下老实巴交的二姐——我的母亲，将自己不穿的、有些过时的衣服套到母亲身上。

她知道，我的母亲本来学习成绩非常优异，家中困难时，为了让她多读点书，含泪放弃学业。可是小姨不是读书的料，学习成绩一塌糊涂，她只喜欢唱歌跳舞，梳妆打扮。

其实姐妹俩感情极好。那些年姨妈在外修公路，母亲和小姨挤睡在一张床上。每天清晨，天刚蒙蒙亮，小姨会给母亲讲自己昨晚做了一个怎样的梦，讲完梦她又沉沉睡去。勤劳的母亲蹑手蹑脚起床，烧火做饭，到菜园劳作。饭做好了，再进卧室挠小姨的耳朵，催她起床吃饭。我小姨的新衣多，每天起床后要反复试穿，再花上半小时洗脸梳头。

她把自己打扮得漂漂亮亮，天气晴好时，随母亲去田里劳作，采几片茶叶，拔几株草，一旦太阳出来，就选个阴凉处，头顶草帽或荷叶，赤脚泡在溪水中，坐在那儿悠闲地唱歌，或给母亲讲最近去街上的一些见闻。母亲听着，在太阳下挥汗如雨，从来没指望这个娇气的妹妹能帮忙做些什么。

小姨美貌，身边有一些暗恋的人，她摆出一副满不在乎的样子。她的目光望在远方，一心要找个公家人跳出农门，所以就常往大学毕业的表姨妈家里去。终于如愿以偿，我的姨爹在一个响当当的省直单位上班，模样也周正。最重要的是温和勤快，像外公外婆和母亲一样娇宠她。婚后几年，小姨住在农村，家里弄得比一般城里人都讲究。大床上挂着白色的帐幔，床沿四周垂下精致的红灯笼，杯盘碗具，都是非常精致的瓷器，每隔两天，她都要认真清洗，再用开水煮烫。地面抹得平整光滑，每天擦洗。

小姨讲究，她把对生活的热爱全用在清洁卫生和梳妆打扮上，田里几乎没有什么收成。每隔两天，母亲背着柴火，拎着米面粮油和蔬菜去看望她。经常中午过了，她还在一边听收音机，一边打扫房间，早餐都没吃上的表弟饿了哭，小姨总是坚持将清洁做完才会生火做饭。姨爹每隔一段时间回家探亲一次，他是个细致的人，除了给小姨买新衣，还经常给外婆和我们带回各种各样的礼物。而且在小姨的培训与指导下，成为家务事的行家里手。

几年后小姨进了城，很快就如鱼得水。她在一家省级批发单位做采购和营销，省城、北京、上海，常常一去就是半个月，政商要人、个体老板，周旋在各色人物间，她以极强的公关能力和敏锐的商业嗅觉，取得了非常不错的业绩。见的世面大了，着装和发型越来越时尚。姨爹依然按部就班工作，有条不紊操持家务，拿姨爹和身边的商界精英比，就多了些怨气。遭到外婆和母亲的强烈批评，她们历数姨爹的所有优点，并直言不讳指出，像小姨这样的大小姐脾气，没有谁可以这么无原则地包容。

现在回想，姨爹的所作所为真是无可挑剔。小姨常年在外打拼，两个孩子的饮食起居全落在姨爹身上。他对工作认真负责，年年是先进。进城后，小姨几乎不沾家务。偶尔回家，就是美容睡觉，或串门聊天。姨爹备上可口的饭菜，将她的衣服洗净晾晒，熨烫平整，分门别类放进衣柜。小姨挑剔，家中备有洗衣机，很少用，她的衣服面料高档，姨爹都是单独挑出来，轻柔手洗，平摊阴干，打理非常不容易。尤其那些年，我在外寄读，少不更事，周末常去打扰，小姨有时将年迈的外婆接到家中久住。姨爹用本不宽裕的收入，尽力将菜肴备得丰盛，自己匆匆收点剩饭剩菜后就去上班了，晚上回家辅导孩子学习，家中始终纤尘不染，几乎没有休息。他不仅恩宠小姨，还几十年如一日，善待她所有的亲人。

这么好的姨爹，40多岁就离开了人世。2000年9月，天气依然燥热，我新婚不久，姨爹突然来到我的小家。说最近身体不舒服，去医院做了检查，还没结果，感觉不妙，小姨好久没回，想到我这里散散心。我和老公留他住宿，一向言辞木讷的姨爹，那天晚上话特别多。印象最深的，是讲他们年轻时候的故事。

"我那时根正苗红，单位好，可以找个条件不错的城里姑娘。有一些人介绍，可是见到你小姨后，就对别人都不感兴趣了。她年轻时真是好看，在我们单位的家属中，是很出众的，这么多年，我把她当女儿、当妹妹宠着，结婚时对她的承诺，我都说到做到了。"

第二天拿到结果，姨爹是癌症晚期，入院一个月就病逝了。多年后，我讲起当晚的情景和姨爹的一番话，小姨的眼泪簌簌直流。

爱她疼她的人走了，外公、外婆、姨爹。与她最亲的姐姐——我的母亲，这些年辗转我和妹妹家带孩子，也无暇顾及她太多。娇惯的小姨在年近半百时，突然独立面对人生的风雨：两个儿子，一个赋闲在家没有工作，一个还在读书，男孩子又非常淘气，让她操不完的心。而且这三个人都不会家务和做饭，花钱也大手大脚，靠小姨一个人的退休工资，已难以为继。

办理退休手续后，小姨回到家乡县城，开了服装店，还兼做一个品牌的代理。她起早贪黑，非常辛苦。先租房，后买房，紧接着装修、添置家具和新衣。她讲究，不能过没有品质的生活。为了挣更多的钱，她像不知疲倦的机器超负荷运转，进货、打理、守店、家务，每天睡眠不足六小时。无论多忙，家中的清洁卫生，始终是五星级标准。她说，每天晚上打烊后，满手拎着早晨顺路买的菜，赶回家做饭，摸黑进门时就会想起姨爹在世时百般的好。

小姨天性乐观，经过这些年的锻炼，以前不进厨房的她，现在能做一手非常可口的饭菜。两个孩子工作后，她的压力轻了，空闲多了，每天晚上都去广场上跳舞，还新交了不少朋友。她像年轻时那样，精心保养、精心打扮，活跃在人群中，吹拉弹唱，把生活过得有滋有味。

只是再没有一个人，对她那么好……

风雨中的伞

三姐妹中，我的母亲是最平实的一个。

她平和、包容、温暖，无论在娘家还是婆家，除了手脚麻利，勤快做事，与任何人都能很好相处。她习惯了默默无闻地付出，毫无怨言。

她和父亲的婚姻，年轻时非常不被人看好。几十年来，她们风雨同舟、相濡以沫走到今天，为我和妹妹的成长，营造了一方宁静的港湾。从小到大，即使面临家道变故、人生起落，我也很少看见父母争吵，这大概与母亲顺从、坚韧的性格有关。

母亲在春节前夕走进父亲的家门时，我的父亲还是一个少不更事的轻狂少年。他自幼被父母和姐姐们娇惯，有些天马行空的不羁。

而我的母亲，她出生在知识分子家庭，知书达礼，学习成绩优异。后来因为家庭成分不好，被迫中断学业。她顺从接受命运的安排，在外公被批斗的年月里，尽力为父母分忧。照顾一家老小，操持家务，大集体挣工分不输给壮年男劳力，里里外外都是一把好手。

爷爷奶奶对自己相中的儿媳很满意，他们很慎重地到外公家里提亲。当时外公的右派帽子让这个家庭压得抬不起头，他们受到爷爷奶奶的尊重和温情关怀。在阴云密布的70年代中期，这股暖流让人倍感珍惜。

父亲家境殷实，爷爷奶奶慷慨好施、为人和善在那一方出了名。父亲他们有五兄妹，爷爷奶奶还收养了三个养子女。一个是我大伯，大爷爷的儿子，7岁成为孤儿，爷爷义不容辞接到家中，视如己出，抚养到成年，隆重办了婚事。另外两个姑妈，是日本人入侵时，从城里逃难来的少女，胡氏和王氏，在爷爷奶奶家住上一晚后，就再也不想走，恳求留下。从此与我的几个姑妈亲如姐妹，成年后爷爷为她们置办了丰厚的嫁妆，选了踏实的好人家，风风光光给嫁了。

爷爷是个非常会审时度势的人，大风大浪时他的选择很好地保护了家人平安。祖上本来有很大的产业，解放后，爷爷主动将大宅子交给政府，分给几十户贫农居住。解散打发了长工，自己像老黄牛一样到田地里辛勤劳作。加上平素慈善，土改后被定为中农。

政治风云动荡的年代，人的命运、婚姻选择都与成分紧密联系在一起，母亲就这样走进了父亲的中农家庭。

其实这个家庭很需要她。奶奶身体虚弱，卧病在床需要照顾，几个姑妈都已出嫁了，爷爷也是70多岁高龄，父亲还在抱着不切实际的幻想四处闯荡。

母亲很快成为这个家庭的顶梁柱。清晨早起烧火做饭、挑水扫地。将做好的饭菜端到奶奶的床前，给奶奶穿好衣服，扶她坐起。多年来奶奶习惯起床后先抽一支烟，母亲就在奶奶抽烟的间隙里，匆忙吃点东西，然后将火垄里的火架好。等屋子里有了暖意，将奶奶背到火垄边，穿好鞋袜。收拾停当，一路小跑到公社。婚前婚后，她一直是仓库保管员，晒粮食、收仓，给社员记工分，管账。她处事公正，把一切做得妥妥帖帖，直到包产到户，实行联产承包责任制。

爷爷勤劳，但不沾家务。每天从早到晚，还有午餐时间，母亲在家和仓库之间打仗一样地奔波，照顾一家老小。我和妹妹相继出生，母亲将年幼的我们装进背篓，扛在肩上，忙这忙那。爷爷奶奶年龄大了，姑妈们常回来探望，带着大大小小的孩子，有时还会住上几天，家里热闹非凡。物资匮乏的年代，一点好肉好菜，母亲只有在招待客人时才摆上餐桌，自己不舍得动筷子。

数年如一日，母亲的勤劳、贤淑、孝顺，得到姑妈们的一致好评。因为她们非常了解奶奶的脾气，这位地主家庭的小姐，娇养惯了，稍有不顺，就会使脸色。她生活享受，抽好烟喝好茶，又特别爱面子，若有人来家里借东西，只要有，就会很大方地说："我们还有，这个送给你，拿回去。"

只有母亲心里清楚，这个看上去殷实的家庭，常常捉襟见肘。一场热闹的婚礼后，母亲发现，爷爷奶奶为筹办这场婚礼，借了一些债。爷爷想说，难以启齿，母亲了解情况后，新婚第三天，她拿出自己的压箱钱，交到爷爷手中，让赶紧把欠债都还了。无论亲友之间还是邻里之间，这个家一贯的好名声，和和美美。奶奶临终前拉着母亲的手说："我舍不得你们，这些年我的病把你拖苦了！"

父亲依旧四处游荡，神侃，晚归。我和妹妹常站在屋角的樱桃树下，唤他归来。家中总是只有母亲一人操劳，我怀疑他们之间是否有过爱情。可是母亲为什么能这样隐忍，心甘情愿地付出。听小姨讲，婚前他们很认真地交往了3年。

父亲的家离母亲的家不远，不过三公里。爷爷奶奶请人说媒后，就在端午、中秋这些节日里，邀请外公外婆和母亲到他们家里做客。每年爷爷奶奶的生日，外婆也会打发母亲过去看望，母亲总是礼节性地拜访，吃个午饭，当天去当天回。一年也就登门两三次。

父亲就随意多了，他走到家门口，只要屋里有人，就进来打个招呼，有时还会洒脱地玩上一天。是因为外婆家里有一个很好的陪客，我小姨。她和父亲是同学，虽然不同班，但两个人分别是男女生中的风云人物，所以熟悉，很有共同语言。两个幺儿幺女坐在那里胡吹海侃，母亲躲在厨房里烧火做饭，再低眉顺眼把一碗碗菜端上桌。听小姨讲述往事时，我可以想象，年轻时的母亲梳着两根大辫子，羞涩朴实的样子。

这么礼节性地交往了3年，爷爷说，二姑娘好，我轻狂的幺儿子就该有个这样踏实的姑娘守着，赶在年前把婚事办了。

母亲其实是内心情感非常丰富的人，学生时代，她的作文常常被老师当范文念，各门功课优秀，以前所学的一些课文，包括俄文、文言文，到现在都能流利背诵下来。我问母亲有过自己喜欢的人吗。她答有，是外公的一个学生，很有才华，听到他走近的脚步，会心跳加速。我问为什么没走到一起。她说两个人成分都不好，外公被斗怕了，怕有才华的人像他一样犯言论错误。母亲很顺从地选择了放弃。

她一生谨慎。80年代初的一个晚上，小姨从城里回来，把外婆、母亲、舅舅召集在一起，说有大事宣布。那就是——城里有许多像外公一样的干部，都被摘掉右派帽子平反了，她要给外公昭雪。这话可把外婆和母亲吓坏了，母亲赶紧捂上小姨的嘴，打探四下无人后，关紧门窗。屋子里争论激烈，外婆和母亲让小姨不要乱说，不要再和外公一样犯言论的错误，何况外公早已不在人世，平反有什么用？小姨摆出一副誓死如归的样子，说外公生前把名声看得比什么都重要，一定要争取平反，告慰他的英灵。小姨天不怕地不怕，上上下下找，终于在一年后给外公洗清冤屈，国家还每年给外婆定额的遗属补助。

谨慎安稳的母亲，这一生都是陪着父亲风雨飘摇，人生起落。因为父亲爱折腾，人生像一条看不清方向的船。当家道变故时，她坚强面对，用柔弱的肩膀扛起这个家。像风雨中的一把伞，为我们遮风挡雨。

去年父亲住院手术，全程由母亲陪护。我们抽空去看护，母亲怕影响我们的工作，说自己扛得住。父亲也执意要我们走，他说只有母亲陪在身边他才放心，她最清楚他什么时候该吃药，什么时候该量血压，饮食禁忌、饭菜口味。前些年母亲帮我带孩子，父亲一个人留家中。每天晚上，母亲都会给父亲打个电话，问话千篇一律，都是你吃了没，今天吃了些什么。父亲如实汇报，一一应答。然后是相互的叮咛，关于明天的天气，诸如记得出门带伞、天冷加衣、注意安全之类。平淡的生活早已将他们磨砺得密不可分。

> 你是我的眼
>
> 带我领略四季的变换
>
> 你是我的眼
>
> 带我穿越拥挤的人潮
>
> 因为你是我的眼
>
> 让我看见
>
> 这世界就在我眼前

那年那月：在光明与温暖中前行

今年是祖国母亲六十华诞。60年风雨兼程，从满目疮痍、百废待兴，到改革开放，人民安居乐业，一个繁荣富强的中国重新屹立于世界民族之林。这60年，我们的国家由弱到强，在危难中崛起，13亿人民，心手相牵，书写了中华民族自强不息，迈向伟大复兴的壮丽史诗。

我的人生旅程，伴随了共和国波澜壮阔的改革历程。记忆深处，镌刻着幼年时，故园中低矮的瓦屋，昏暗的煤油灯，一个孩子，对于漂亮新衣、可供阅读的书籍的渴求与向往。虽然那时物质条件极度匮乏，但与解放前父辈出生时的兵荒马乱、饥荒岁月相比，我的童年，仍然是幸福和温暖的。尤其在这之后的30年里，我目睹了家乡所发生的翻天覆地的变化，我们的小日子，也在时代的变迁中越过越红火。当神舟飞船问鼎苍穹、遨游太空，国庆阅兵仪式上，三军仪仗队威武整齐地走过天安门城楼，我为祖国的强大而感到无比骄傲与自豪；当全世界的目光聚焦北京、鸟巢上空奥运火炬点燃的一刻，我甚至流下了激动的泪水，"东亚病夫"的耻辱一去不复返了。无论何时，我们的命运，都与祖国母亲休戚与共。

20世纪70年代中后期，我出生在清江河畔一个宁静的小山村。蜿蜒的清江河水沿村庄静静流过，从河边向屋后山坡延伸的是层层的梯田和茶园，每到春天，满山遍野的桐子花散发出浓郁的芬芳，弥漫在村庄的每一个角落，我的父老乡亲就在这样的田园中栽秧、采茶，辛勤劳作。黄昏时分，

　　我和妹妹站在屋角的皂荚树下，眼巴巴地盼着父母早点放工回来，胆小的我们，不敢走进黑漆漆的屋子，更不敢在父母没有到家前，点亮煤油灯，因为那时油、布都凭票供应，十分紧张。我们在黑暗中饥肠辘辘地等，往往要到月上柳梢，父母才摸黑进门，然后忙忙碌碌料理家务。我们就在父母身后端着煤油灯"照亮"，将一只手小心捧成半圆，护着灯芯，从一间屋子走到另一间屋子，生怕一不小心，灯被风吹熄了。通常忙到很晚，一家人才能坐到桌上，吃一顿简单的晚餐。其实我很不喜欢这种煤油灯，灯光不够明亮，难闻的油烟味儿呛得人直咳嗽，一不小心，就蹭个大花脸，而且时间长了，油烟将白色的墙壁、蚊帐熏成焦黄，让本来就不漂亮的房子更加难看。

　　我总是盼着过年。每到腊月，在外工作的小姨和姨爹回来探亲，除了礼物，还会带给我们一摞厚厚的旧报纸用于裱墙。忙过年的那几天，父母将屋里屋外打扫得干干净净，然后将报纸整齐地裱上室内墙壁，遮挡油烟熏出的焦黄。床上的被褥也都搬到太阳下晒了又晒，床单换洗得清清爽爽，处处留着阳光的味道。正月里，亲戚间频繁地走动，母亲将家中最好的肉菜拿出来招待客人，桌上的菜肴比平常要丰盛很多，我帮着将一碗碗饭菜端上桌子。当菜上齐，就知趣地躲到屋外玩耍去了，只有等客人完全离席后，我和妹妹才能坐到桌上。那时少不更事的我们，不明白母亲为什么从不将筷子伸向有肉的碗里。

　　日子虽然清苦，父母却以他们的勤俭让我和妹妹快乐地成长。每年母亲将家里仅有的那点布票省下来，给我做一套新衣，都是蓝灰的卡其和阴丹士林，穿起来皱皱的，不太好看。但在那个小山村里，这也算富足了，而妹妹只能穿着我的旧衣服，她不服气，觉着父母偏心。等到条件稍好些的时候，我和妹妹每年都可以穿上一模一样的新衣，玫红色的花布滚上荷叶边，让姐妹俩爱不释手，冬天是棉袄的罩衣，春秋是春装，到了夏天就当衬衣穿。母亲不止一次地给我们讲解放前舅舅的出生，还有她们所经历的饥荒，常让我觉得我们这一辈人是幸福的，幸运的。

那是兵荒马乱的岁月，蝗虫一样的日本侵略者来到了我们这个鄂西山地的偏远小山村，怀孕的外婆有家不能回，东躲西藏，在岩洞中生下了舅舅。当时外公还在省城工作，只有未出嫁的四姨奶奶和外婆相依为命。看着嗷嗷待哺的孩子，四姨奶奶为找不着吃的犯愁，更怕孩子的哭声引来杀身之祸。一天中午，四姨奶奶在岩洞外仔细观察动静后，猫到菜园里采摘了一把刚成熟的蚕豆，偷偷摸回家，准备给大人孩子弄点吃的，汤还没煮熟，几个日本鬼子闯了进来，看着明晃晃的刺刀，四姨奶奶笑脸相迎，"就知道你们要来，我赶回家做些好吃的，来，尝尝！"她爽快地给每人舀了一碗，或许是因为在村里久也见不着人影（都躲山上去了），或是那汤确实很香，鬼子吃了个精光，走时将家里能吃的都搜走了。四姨奶奶侥幸逃过一劫，再也不敢回家了，从此昼伏夜出，摸黑到田园里摘菜，躲在岩洞中烧火。因为岩洞中异常潮湿和烟熏，外婆的第一个孩子——我的舅舅，一只眼睛落下了终身残疾，外婆的眼睛，从此见风落泪。那是1944年5月，那样的年月，能活下命来实属不易。

我的母亲与共和国同龄，没有了战乱，她给我讲得最多的，是饥荒，是三年自然灾害中吃野菜和观音土，闹浮肿的情景。那时国家贫穷，自然灾害又无法避免，我想她给我讲这些，无非告诫我要珍惜幸福。外婆和母亲，见证了新中国诞生与60年成长经历的老人，她们对毛主席、对共产党的感恩之情发自肺腑，常在言语间不经意流露。所以我明白了，在衣不蔽体、食不饱腹的年月里，她们为什么保有对革命生产的高昂热情，对毛主席的崇拜，对共产党的坚定信仰。今天她们在享受太平盛世的天伦之乐时，依然一遍遍告诫我们，不要忘记过去的艰难与困苦，始终以一颗感恩的心珍惜现在的拥有。

童年时我最喜欢去舅舅家。舅舅算盘打得好，能识文断字写文章，在那一方算个"文化人"，他们家的笔墨纸砚能满足我写写画画的愿望。更重要的是，外公摘掉"右派帽子"平反后，政府给外婆每月发放了定额的遗属补助，这钱让我的两个表哥拥有了不少的小人书和连环画。童年时我最惬意的事情，是舅妈做饭时，我坐在灶堂前帮忙添柴架火，然后捧着这些书籍如饥似渴地阅读。有时完全沉浸到故事的情节中去了，就忘了架火的事情，一次舅妈一句半责怪的话语，让"小书呆子"成了我儿时的外号。然而求知的欲望一经唤醒，这些书籍和画册再也满足不了我阅读的需求。我对一切有文字的东西产生了浓厚的兴趣，包括裱在墙上的报纸，横着看、竖着看，什么中越边境冲突、苏联入侵阿富汗等，有些新闻都过时几年了，但它让我知道，在我们这个宁静的小山村外，有一个很大很精彩的世界，每天都不平静。

很多的不平静，随着一股春风，在80年代的初期，让小山村开始旧貌换新颜。那年腊月，村里的很多青壮年，都放下了自家忙过年的事情，到集体栽电线杆。我们也可以像城里人一样，点上干净又明亮的电灯了。这个盼星星、盼月亮般的好消息，让我们小孩子兴奋不已，每天围着、看着，数着已栽好的杆子。电线杆栽到谁家菜园里，那家的主人总是非常积极地将菜铲掉，将那一块自留园交给集体。腊月三十晚上六点钟，小山村的年夜在明亮的电灯光中变得异常温暖，我们的团年饭也吃得分外香甜。第二天到外婆家拜年，我们兴奋地看每家每户电表的转动和上面显示的度数，都是0.3度，只有外婆家是0.5度。"两个伢子，昨晚房屋（卧房）里的灯点了一夜"，舅妈甜蜜的责怪，其实是在显摆她们家境的宽裕。

这一年的春天似乎提前来到了。电灯带给我们的光明与温暖让每个人脸上都挂着喜气，包产到户、实行联产承包责任制的消息更让乡邻们热情高涨，父母的脸上绽放出少有的笑靥。我坐在教室里，与同学们一起朗诵"春天来了，小河里的冰雪融化了，小燕子从南方飞回来了……"朗朗的读书声中，处处是春光明媚。

从那以后，家里的吃穿用度越来越宽裕。短短几年时间，我们家有了两个小厂，在村里建起了第一幢楼房。我上小学三年级，学写作文，当时同学们在作文开头最时髦的一句话就是，"当十一届三中全会的春风吹遍了祖国大地……"让老师忍俊不禁。高兴的是在那年暑假，爸爸将一台14英寸的熊猫牌黑白电视机抱回了家，我们将天线架在门前最高的椿树上。对着电视屏幕上密集的雪花点，一会儿搭着梯子爬到树上摇天线，一会儿换频道，扭微调。那两天还特地将外嫁的几个姑妈接回来过"月半"，表哥表姐们也都跟着回来看电视，家里是从来没有过的热闹。我们嫌白天的时间太长，一到晚上六点半，就迫不及待打开电视机，聆听山外的声音，中央电视台杜宪、湖北电视台吴丰清润的嗓音比村广播里的喊话不知好听多少倍。电视剧《血疑》《霍元甲》的播放，让我们家的稻场每晚聚集了不少乡邻。看电视的人很多，天未黑，爸爸就将电视搬到了屋外的稻场上，我从家里搬出所有的椅子，像县客运站的班车座位一样摆放整齐，来的人依次入座，母亲总是热情地给每人端上一杯茶水。因了这份电视情缘，每到农忙时节，一些热心的乡邻主动帮我们家里突击农活，一边劳作一边议论着中国女排的精彩赛事。

乡邻间的深情厚谊难以割舍，每次回故乡，我都要随母亲去看望几位年老的长者。他们的生活，已今非昔比。家家户户住上了三层小洋楼，屋顶安放着太阳能热水器和卫星电视信号接收天线，谈到现在的生活，是一脸安详。政府出资让水泥路、柏油路修到了每家每户门口，自来水、沼气池也几乎全由政府出资或补贴，再也不用挑水吃、砍柴烧了，人人享有农村合作医疗保险，据说在不久的将来还可领取养老金。这些沐浴了共和国风风雨雨的人们，抚今追昔，感慨万千。

这些年我和妹妹也相继在城里安了家，过上了稳定安逸的生活。我们的孩子，有满柜的可供阅读的书籍、精彩的电玩，节假日频频光顾游乐场，琴棋书画等特长培训应有尽有，他们在物质上的富足和对文化知识的学习，比我们那时不知强了多少倍。当我年幼的儿子向往以车代步，并告诉我，他的理想是长大了当个老板时，我有说不出的隐忧。蜜罐中泡大的孩子，缺失的是什么呢？我坚持着让他每天步行20多分钟行程上学放学，周末带他穿越夷陵长江大桥，徒步江南，登磨基山。他软磨硬泡缠着要坐车，我就给他讲红军两万五千里长征的故事，小家伙总是冒出很多让我惊异的问题："日本人为什么要侵略我们？""国民党为什么要和共产党打仗？""红军长征时就没有近一些的路可以走了吗？"年幼的孩子，还听不懂大道理，我只是想告诉他：每个人都有一条很长的路要走，需要毅力和勇气去坚持；我们的国家已经富强了，有一种精神还要传承下去，自强不息！

三春晖

下班前半小时，母亲从县城打来电话，让我下班后去长途汽车站接菜。细心的母亲算好了时间，汽车一小时后进站，从我下班离开单位，到学校接儿子，回家路过车站，刚好半小时的行程。

灯光下打开母亲带来的沉甸甸的纸盒，里面装着自家榨出的菜油、洗净切好的肉丝肉片、剥好的花生米，还有各类调料及新鲜蔬菜，一包包、一捆捆分类摆放着，那些蔬菜看样子是在下午四点多钟才从田园里采摘下来，带着阳光的温热气息，青葱欲滴。这种特殊的"物流"持续好几年了，无论是前两年母亲帮我们照顾孩子时的往返捎带，还是现在的托运，每周一次，风雨无阻。母亲，她一定是在惦记着我的忙碌和挑食的儿子那瘦弱的身体。有时除了五谷杂粮，还会给我的丈夫带来特意制作的肉糕、米酒，这些都是他爱吃的。我们很幸运，在食品安全岌岌可危的今天，在繁华的都市里，我们的餐桌上，始终摆放着新鲜无污染的菜肴。只因为我们有一个至爱的母亲，以她的勤劳，为我们提供着源源不断的供给，保护着家人的健康。

每当我下班后带着一身疲倦回到家里，忙着操持家务、辅导孩子学习时，就会想到前两年与母亲同住时的幸福情景。窗口透出温暖的灯光，听到我上楼的脚步声，母亲开门迎了上来，桌上摆着热气腾腾的饭菜，房间被收拾得纤尘不染，儿子已做完作业洗了澡，在她的教导下懂事有礼貌。

吃过晚饭，我陪着母亲边看电视边聊天，她依然忙碌着，一针一线为一家老小编织着毛衣毛裤，织补着衣服袜子上的小洞洞，母亲戴着老花眼镜和顶针，手指翻飞，低头织补的样子专注慈祥。如今，母亲又辗转到了另一个战场——我妹妹家，因为那里有一个更小的孩子需要照顾，而她，始终放不下对我们的牵挂，除了定期的托运，还会时不时过问儿子的身体和学习情况。一旦遇上天气变化，就会在清晨或夜晚打来电话，提醒我们添减衣服。

养儿方知父母恩。当我在儿子的成长中体验艰辛与快乐，母亲，这个给了我生命，人生路上处处为我遮风挡雨的人，让生命中的点点过往，映照着爱的光辉。

那年中考前夕，我的心中充满惶恐不安，得知父亲在新楼封顶前从楼上摔下卧床不起，家中重担全落在了母亲一人肩上，我不知道自己的学业是否还能够继续。同寝室的同学不断有家长前来探望，我却孤单单一人，望着远山出神，想着远在70多里外的移民新家，不敢奢望如此操劳的母亲也会前来看我。然而在中考前的那天下午五点多钟，母亲背着背篓出现在教室门口，让我有说不出的惊喜。母亲从背篓中取出饭菜，微笑着对我说，家中一切都好，叫我不要挂念，说完就匆匆走了。中考结束，我回到离校五里外的老屋，才发现母亲躺在空荡荡的屋子里，两天没吃饭了。原来那天清晨，母亲为我准备好饭菜，早早赶到县客运站，还是没能挤上一天仅有的一趟开往老家的车。她选择了步行前来看我，沿着峡江边被水淹没过的泥泞公路，跋涉70余里，一路荒无人烟，终于在当天下午五点多钟赶到了我的学校。她太累了，既要照顾卧床的父亲，又要为新房封顶搬运砂石和水泥，已两宿没合眼了。回到老屋后，就这样不吃不喝躺了两天，双腿肿痛得迈不开步子。在我接到高中入学通知书的那个暑假，母亲每天早晨六点多钟就出门了，顶着烈日，在分给外来移民户的偏远田地中，砸石头，垒彻田坎，直到下午两点多钟才回家吃饭，然后又匆匆上工，摸黑回家。终于在开学前夕，领到改田的移民补款，凑齐了我和妹妹的学费。

　　母亲的坚韧，为我照出了一片晴空。她以她的付出，尽可能让我们过上平安幸福的生活。结婚前，我将未来的丈夫第一次带回了家。他向母亲坦陈自己并不宽裕的家境：他的母亲早逝，父亲70多岁高龄需要照顾，兄妹都已自立门户。这样的境况意味着我和他将在远离父母的城市中，白手起家，往后有了孩子，要更多依赖我的父母。我不安地望着母亲，怕我不现实的选择让她失望。母亲沉默了一会儿，用极温和的语气说："如果你们合得来，这儿以后就是你的家，有空常来玩。"儿子出生后不久，丈夫被调往外地工作，母亲不得不过来帮我料理家务照看孩子。一次次，我和母亲抱着生病的儿子，深夜赶到医院。看药液一点点缓慢滴进儿子细小的血管，母亲怕影响了我第二天的工作，命令我在医院的病床上躺一会儿，自己却硬撑着。其实母亲更辛苦，不仅要给我照看孩子，她更丢不开家中的一切，还有熟悉的田园。每到周五我下班后，母亲就搭乘最后一趟班车急匆匆赶回老家，给父亲洗衣做饭，到田间播种锄草施肥，然后在周日晚上，拎着满满一箱时令鲜蔬回到我的小家。我感到自己愧对了母亲，不仅没有报答，反而让她更劳累了。母亲抱着幼小的孙子，心情始终那么愉快："当初妈也希望你找个条件好些的人家，又怕高攀了，你在别人家里受委屈，只要你们好，我再苦再累都愿意！"结婚10余年，母亲一直待我的丈夫如亲生儿子。每年春节我们回到老家，母亲都会客气地沏上一杯茶，端出水果和点心，然后就一个人忙开了，筹备女儿、女婿、孙子们爱吃的饭菜。丈夫和妹夫执意要帮她做些事情，她总说一个人忙得过来，你们平常工作辛苦，有空多辅导孩子的学习。她的幸福就那么简单，我们夸她做的菜可口，小孙子多吃了一碗饭，学习考出了好成绩，都让她开心不已。

　　母亲是一位勤劳质朴的农妇，她的一些品质，深深影响着我和孩子。她是个非常开朗的人，曾有过无忧的童年和少年。外公是解放前的大学毕业生，家境殷实，为人正直，颇有才情。在他的熏陶下，母亲会一些器乐演奏，外加舅舅能编能写，姨妈嗓音甜美，漂亮的小姨酷爱舞蹈，一家人组成的乐队在那一带小有名气。然而因为外公一些针砭时弊的言论，被错划成"右派"，受尽折磨含冤而死。兄妹四个的命运至此改变，升学与招工被人顶替，政治上受人歧视，唯成分论的择偶标准，让婚姻由不得自己。母亲坦然面对着这些历史的过往，对今天的幸福生活非常珍惜，一再告诫我们慎言、隐忍、宽容。无论遇上什么样的困难，总是面带微笑。因为过度劳累，母亲落下了风湿的病根，多年来饱受病痛的折磨。我不知该怎样报答一生勤俭的母亲。前两年我们买了房，日子也宽裕了，就想把母亲接到城里，让她从繁重的农活中解脱出来，起初她不同意，考虑到刚上小学一年级的孙子需要接送，安排好家中的一切，过来了。很快就闲不住了，一心念着哪垅地要翻了，哪棵瓜要成熟了，又开始了都市与田园间的往返。我适时为她和父亲添置衣服，备下药品与日用品。母亲一生节俭，除了药品，什么都不要，让我们省着花钱，留着给孩子读书用。每次她从老家过来，下车后拎着沉重的东西，步行20分钟走到我们家，我劝她打的过来，她舍不得花那5元钱的士费，认为这比在家劳动轻松多了。一点零花钱积攒下来，又在儿子生日时还给了我们。但有时她的慷慨，却让我们吃惊。一次儿子被老师表扬进步了，她当即表示奖励，儿子说喜欢关于宇宙的书，她竟一下买回四本，我翻看后发现，除了封面装帧不同，里面的内容大同小异。她解释说孩子爱看书是好事，就把书店里所有关于宇宙的书都买回来了。汶川大地震后，母亲夜不能寐，在还没有人组织捐款的时候，她专程赶到街上，悄悄汇出了300元。

前不久，妹妹告诉我，母亲被评成了县劳模，我打电话回去问询，她语气还是淡淡的，说就做了点小事，然后又对我重复一句不知说过多少遍的话："人吃亏吃苦不要紧，做人做事一定要对得起自己的良心！"

父母之恩，云何可报？慈如河海，孝若涓尘。心中祝愿，勤劳善良的母亲，能永远平安健康地活着。

父亲的心愿

　　去年父亲满 60 岁，我想趁着他和母亲身体健朗，陪他们去江南走走。临行前一晚，中央电视台天气预报突然发布强台风登陆江浙的消息，旅行社也打来电话，建议我们从安全角度考虑，推迟行程。

　　父母就这样远道而来，滞留宜昌。而我，因为平常工作忙碌，很少回家探望。在这个难得的公休假期里，终于有机会享受久违的亲情与团聚。

　　闲不住的父母帮我收拾整理房间，很快就发现些端倪。书房里挂着一些笔墨生涩的山水画作，是我一年来的临摹和练笔。而且因为学画，餐厅已经变成我的画室，餐桌上摆满画毡、笔洗、笔架、笔、墨、纸、砚等，一家人被赶到客厅靠墙的一张小方桌上吃饭。这一年里，工作很忙，家务很忙，学画的兴趣也日臻浓厚，便挤不出时间回家看望父母。想必他们要生气了，我想掩藏，收拾已来不及。

　　"你学画了？"父亲平静地问。

　　"好玩。"我忐忑不安。

　　"山水？写意？学多久了？"父亲似乎很感兴趣。

　　"年初和朋友拜了三峡大学一位老师，临摹一些董其昌的作品。"我如实相告。

　　"他的画风很正统，要学就认真学好，不要抱着玩的心态。"父亲一脸严肃。

"这个您也知道？"父亲一向涉猎甚广，但古板严谨，我想象不出他和艺术有什么关联。

"我以前也是很喜欢画画的，家里有一些书，以后找出来给你看。"父亲带着欣赏的眼光，在我的拙作前仔细打量。

"呃，有老爸支持，我要突飞猛进了。"我得意冲他做个鬼脸，心释然。

"这个我支持，好好学！"父亲背着手，在房间里踱步。

母亲走过来，一如既往和风细雨，"平常你忙没时间，这两天家务我做，你好好练习！"

怎么这次他们的态度如此一致呢？业余我写点随笔感悟，曾让他们反应强烈。父亲从"文革"中自己因武斗被中断学业，循循善诱讲到爷爷如何为保家人平安，将太爷爷收藏的数千册古书悲壮付之一炬。在他童年的记忆里，清江河边的旧式大宅，每年夏天数千册藏书被拿出来晾晒，可铺满七卷帘。这些书，在一个思想禁锢、政治狂热年代，却有可能因言论而遭遇不测，焚烧是最好的选择。母亲也是忧心忡忡，她从外公的针砭时弊，言论过失，讲到"右派帽子"，讲到批斗和家庭成分对她们兄妹就业与婚姻的影响，悲壮的革命家史都与言论有关。尤其当我从事文字工作后，父母更是一再告诫，慎言。大抵因为书画不事张扬的清修、无争，让他们安心。

很快父亲出门了，在街上转悠数小时后，满载而归。他给我买了几百元的上好生宣，告诉我越藏越好，可以去掉上面的烟火气，丝丝缕缕的质感更易力透纸背，还有《中国古代山水画鉴赏》等书。我一时感动，沉默的、严肃的父亲也有如此细腻的情怀。童年时我对他充满敬畏，父亲浓眉大眼，每当我们做错事时，他一瞪眼、一干咳，都让我害怕不已。青春岁月里我和他因为工作、爱好、情感的选择甚至激烈冲突。为人父母后，渐渐体谅到他们的艰辛和不易，偶尔电话问询，他不像母亲说来话长，通常三两句叮咛就匆匆挂断。我们之间似乎有着永远无法逾越的距离，让我困惑。现在他老了，满头白发的父亲越来越慈祥，对我的儿子，他的孙子，宠爱到了骄纵的地步。骑车带儿子到郊野兜风，陪他玩鞭炮，因为化学物理的爱好在家里用瓶瓶罐罐做实验，但凡能做到的都有求必应，唯恐孩子的童年不快乐、不美好。

学画一年了，我从一方山石，一片树叶起步，到临摹完整的山水，繁忙的工作和家务之余似乎从来没有静心过、尽兴过。除了每周一晚辅导，偶尔在周末铺开纸笔，墨未匀，又要陪着儿子转战各个培训班。这一次，有了父母的支持和鼓励，连续两天，我沉浸在勾染皴点的黑白世界里，从晨九点，到深夜两三点，挥毫泼墨，酣畅淋漓，终于完整临摹出龚贤的《寒林图》。父亲在一旁安静看着他刚买的书，偶尔过来瞧瞧我的习作，然后在吃饭的空当里进行一些点评。

一周的出行里，父亲更是尽心尽力给我们拎着大包小包的行李，时时紧拉着小孙子的手；我和妹妹在乌篷小画船的江南美景中沉醉，他也迁就地等候着；乘车时，他打开地图，戴上老花镜，给母亲耐心讲解旅游线路和历史文化典故。今天，少女时代梦想的幸福安宁的生活真实现于眼前。往事历历，慈祥的父亲，曾经是多么桀骜不驯的少年："文革"中因为武斗，他被爷爷强迫中断学业；后来又放弃稳定的收入，在商海里不知深浅地折腾。

他的变化让我惊叹岁月对一个人的改变，回想这些年的风风雨雨，有些辛酸，那就是——父母真的老了。

父亲不甘人后，他的一生因冒险和折腾而大起大落，也让我们的家庭一度风雨飘摇。爷爷有三房夫人，生育十六个子女，只存活五个，父亲是唯一的也是最小的儿子，在这个封建思想浓厚的旧家庭里，他享尽宠爱，也养成无拘无束，天马行空的个性。

20 世纪 80 年代初，商业的气息在中国城乡大地涌现，父亲的雄心壮志开始破土发芽。他上恩施，下沙宜，从外地请来技术顾问，筹建粉厂。由于豆粉制作对水质 pH 值要求严格，经多处测试，厂址选定在离家三里外的地方。设备安装到位后，父亲开始没日没夜操劳，幸好母亲是个性情温顺、包容又特别能吃苦的人，这么多年就默默支持他折腾着，毫无怨言。我和妹妹被留在家中，有时父母因忙碌不能回家做饭，饥肠辘辘的我们从橱柜里找出冷饭冷菜，拌上香油吃下去。过了晚上十点，胆小的我们不敢进卧房睡觉，便守在老屋的窗前，看山路上汽车由远及近，从一辆辆汽车的灯光中找寻父母归家的身影。通常要守候到晚上十二点钟以后，父母才用车拖着大桶小桶的豆渣豆粉回到家中，经过几次卸载转运，睡觉已是凌晨两三点。父亲一心扑在他的厂里，不问家务，不理农事。农忙时节和切粉时，家中帮工与邻居川流不息。几年后，家里盖起村里第一幢楼房，买回第一台电视机和洗衣机，这些都让父亲充满成就感，他的干劲更足了，又在离家不远的地方新建了厂房，筹建茶厂。母亲却因积劳成疾，病倒了。小学时的两个暑假，母亲躺在医院里，我和妹妹寄放在姑妈家，家中一切全靠亲戚照料，父亲因厂里的事无暇过问我和妹妹的生活与学习。

90年代初，清江修建隔河岩水利工程，我们作为清江库区移民，面临两种选择：外迁与后靠。许多乡邻故土难离，选择了就地后靠，这样移民搬迁所得各种补偿，在修建新房后还会有些积蓄。而父亲为了新厂的发展，果断决定搬迁到县城附近。那些年建材、运输费用昂贵，他心气高，花光积蓄，建成当时最好的房子。然而在新房二楼封顶时，父亲不慎从楼上跌下，卧床1年多时间，饮食起居全由母亲照顾。无奈我们便宜变卖了机器，异地艰难谋生。那时我和妹妹相继升入高中和初中，父亲的医药费和我们的学费，沉重压在母亲身上，她在一个人的角落里掩面抽泣，我在黑暗中为自己是否能够继续学业而绝望泪流。

成年后，想起幼时曾见过家中一些宝物，象牙骨筷、细篾七星礼盒、百名银匠打造的长命锁、银镯与金钗，这些祖上的荣耀，在经历浩劫时，被惜财的奶奶藏进老宅的石砖墙中完好保留，临终前传给她唯一的儿子——我的父亲。一次我在邻市一座博物馆，见到这些似曾相识的宝物，问及母亲。母亲告诉我，在我高三那年，家中经济非常拮据，为了凑够我和妹妹的学费，卧床刚起的父亲将家中藏宝送到邻市博物馆，当时工作人员写下收据，说要等专家鉴定后才能确定补偿价格。后来收据遗失，宝物送给了国家，补偿的事情也无从谈起。为了我和妹妹的学业能够继续，父亲在身体刚好些时，就到县城找些杂活干。后来在亲友们的关照下，他带了一帮人，开始承接一些装潢装饰类的包工。父亲起早贪黑，骑着自行车在家和县城之间往返。90年代中期，企业改制，下岗失业人员增多，社会治安不太好。一天晚上，父亲摸黑回家，被几个游手好闲的年轻人围住勒索钱财。人到中年的父亲不顾自己大病初愈、势单力薄，他义正词严，拒不交钱，最后竟和几个年轻人扭打在一起。父亲性格刚毅，那些年家道变故，为了我和妹妹读书，他将几辈人的传承拿出去变卖，在做出这些决定时，内心有过怎样的痛苦与失落，我们不敢探究。

日子终于苦尽甘来，人生像一杯茶，苦一阵子后是甘洌与回味。走过人生的风雨，父亲不再雄心壮志，意气风发。他像一湖水，沉静在那里，包容平和，而湖水中曾有过怎样的风浪，都是这一生的起落与希冀。

守望故园

一棵树、一片麦田、一条流过村庄的河流，站在他乡的土地上，我把这样的故乡回想。

如今，清江河边那个名叫静安的小山村，已静静消隐成水下的村庄。我和我的父老乡亲，以库区移民的身份迁徙他乡。一别20年，那陌上花开、田园躬耕，遥远的河滩上，一群光着脚丫的孩子，追逐嬉戏……不曾淡忘的记忆，如电影中的经典画面，定格成永恒，带着童年的温暖回忆，在烟波浩渺处泛起缕缕乡愁。

我受表哥之托，专程回老家劝说年迈的姑爹搬往县城居住，终于踏上了归乡的路。一条碧绿的河，被逆水而上的小舟划出粼粼波纹。水深不见底，我在排排后移的山峦间找寻故园中熟悉的山头。弃船，登岸，穿过一片竹林，姑妈家的房屋飘着缕缕炊烟，现于眼前。我像年少时那样，每次走到屋角，就开始大声呼唤姑妈和姑爹。姑妈应声而出，在围裙上擦拭双手，有说不出的欣喜。姑爹扶着墙，从门内颤巍巍走出，抬眼打量我，眼神有些混浊。那个年富力强、为移民搬迁操劳、主政一方30余年的村支书不见了。眼前的姑爹，已是一位上了年纪的老人，头发花白，去年劳累中风后，目前生活仅能自理，这情景让我有些心酸。姑妈忙着烧火做饭，我在灶前帮着架火，两人叙着别离后的过往。姑爹不发一语，从柜子里找出一些食品和饮料塞到我的手里。这些都是他生病住院后，亲友们前去探望的慰问品，节俭的姑爹舍不得享用，今天却希望我能一样一样品尝，让我想起离别故园前的情景。这份醇厚的亲情，在离乡多年的日子里，始终是我心头最温暖的慰藉。

那年我13岁，在老家的重点中学就读。因为清江库区移民，父母决定举家迁往县城近郊，为异地建房谋生而奔波，我被独自一人留在老家寄宿。每到周末，只能一个人回家。所谓的家，是老屋拆剩后的一间平房，孤零零矗立在清江边，空荡荡的屋子里，仅有一床一桌一椅一箱和一些简单的炊具。那天我像往常一样打开房门，被吓呆了，一条黑色的麦蛇，盘卷在床头前的箱子上，吐着红红的芯子，我夺门而逃，上气不接下气跑到3里地外的姑妈家。此后再也没有回过老屋，姑妈那里成了我的第二个家，不仅有可亲的表哥表妹，姑妈姑爹对我视如己出，多有厚待。初三放寒假的那天清晨，我透过寝室窗户，看到脚下是白茫茫一片，除了碧绿的清江河，山峦和大地已被厚厚的积雪覆盖了。那时清江水位还未上涨，学校已提前搬到离江200多米高的半山腰，山与江面几乎呈90度的直角，俯视山脚，即生晕眩之感。同学们都被家长陆续接走了，我望着捆好的行李被褥犯愁。我的家远在70多里外的县城，下雪后封山封路，水陆不通，唯一能去的只有姑妈家，可也不知道怎样才能滑下这冰冻后的陡峭山坡，走到河边的公路上去。犹豫了很久，我将整好的行李用背篓背到肩上，走出校门，坐在地上，沿着"之"字形的山路快速下滑，耳边寒风呼呼作响，每到转角处，就用力抓住路边的树枝，一个趔趄后，书本和被单翻落进了旁边的山沟，我的一只脚，已挂在悬崖边上。再也不敢下滑了，坐在泥地里，雪水刺骨的冷，泪忍不住就下来了。远远地，一个人向我走来，是姑爹！"赶着来接你，还是晚了。"姑爹一手拄着打杵，一手抱着棉袄，因为急着爬山，说话直喘气。他小心翼翼滑进山沟，将我的行李拾起来，重新整理，背到自己肩上，然后拄着打杵，牵着我的手一步一步向下滑。"表哥他们呢？"我想到在另外一所中学寄宿的表哥表妹，那里更偏远。"哦，你哥大些，让他把书琴（我表妹）带回去。"姑爹淡淡地说。其实表哥也仅仅比我大了1岁。

回到家里，姑妈心疼坏了。给我打来热水，然后生起一大堆柴火烘烤。初三的最后一个学期，因为家境变故，父母对我的学习更是无暇顾及，姑妈和姑爹就常到学校里给我送菜，每次给我的零花钱，也总是比表哥和表妹多出 5—10 元，姑爹说我学习成绩好些，就该奖励。中考结束后，我的考分超出了重点高中录取线 30 多分，给搬迁劳累的父母带去一丝安慰。母亲一心希望我能上师范类的中专学校，以便早日工作，分担家中重担。我怯怯地向姑爹表达了自己日后想读大学的想法，姑爹专程赶到学校与老师沟通，然后将老师的建议转告母亲，认为我年龄偏小，成绩也比较稳定，读高中合适些，最终母亲同意我在志愿栏里填上了"县一中"。

　　然而这一切没能消除母亲对姑爹的芥蒂和怨气。移民搬迁中，母亲希望姑爹看在亲戚的分上，对我们家的房屋丈量和补偿标准能放宽松些。那时候家境比较殷实，除了宽敞明亮的正屋，家里还有两个小厂，也是宽宽正正的新房，是我的父母披星戴月，一砖一瓦辛辛苦苦建起来的。如今要放弃本来不错的营生，走向外地找寻一种陌生的生活，心中自然不舍。但姑爹却坚持说我们是第一批移民，不能坏了规矩，要严格按政策执行。不仅面积没有放松，两个厂均按附属屋的最低标准进行补偿，一下少了好几千。母亲心中颇为不悦，一向和睦的亲戚关系渐生裂痕。屋漏偏遭夜雨，新房二楼封顶时，父亲不慎从楼顶跌下，卧床一年多。至此生活的重担全压在了母亲一人的肩上，异地谋生的艰辛，我和妹妹难以为继的学业，让母亲不止一次流下酸楚的泪水。"你姑爹怎么就那么心狠呢？用国家的钱比自己的还心疼！"

　　不仅是母亲，在其他亲戚眼中，姑爹也是那么不近人情。我的另一个表哥住在本村较为偏远的山上，常年在外打工，做着艰辛的泥工活，得知上面有拨款，要在该组修公路、打水井，特意上门拜访，请姨爹把这点工程包给他做，一来可以照顾家里，二来公路和水井从他田里过，既方便灌溉通行，还可以得到一些补偿，又被姑爹一口回绝了。姑爹的原则在亲戚们的眼中变得不可理喻，他们归结为一个理由：仕途。

我却真真切切见到了姑爹的忙碌。200多个移民户搬迁，房屋和土地的丈量，移民款的核拨，每一项都事必躬亲；为外出移民考察安置点，为留守移民还建新房、解决饮水供电和生活出路问题而操劳；市县开会、迎接检查，忙碌的脚步踏遍了故乡的沟沟壑壑、山山水水，那时的他是一个没有工资，仅拿点误工补助的村支书，家里的农活自然不能落下，自家建房的事一推再推，直到江水上涨即将淹没旧居，才匆匆选址。

水位上涨后，公路、稻田、房屋全被淹没，留守的乡亲向山后迁徙，垦荒为生。故园由原来祥和安宁、丰衣足食的美丽村庄，变成了江边散落几间民居、几块荒地的穷乡僻壤，出行全靠木船，有时相邻两个山头的邻居能站在自家稻场上拉话，绕道串门却需要半个多小时。姑爹的双眉紧锁着，他没日没夜泡在工地上，带着乡邻们修公路、架桥梁、建码头、垦荒、栽种茶树和金桅等经济林木。几年后，小村又富了，听说留守的村民每年仅靠茶叶和桅果就有四五万元收入，每家每户有几十万元存款，村里建起了茶厂和桅果加工厂，产品远销日本。姑爹成了县里的红人，电视上有影，广播中有声，面对媒体，不善言辞的姑爹无所适从。一次我从电视上见到姑爹在茶园劳作时接受采访，他戴着草帽，穿着破旧的球鞋，上身是表哥读书时穿过的蓝底白杠旧校服，觉着不妥，赶紧在外套了一件白衬衣，扣子未系，不伦不类，说起话来结结巴巴。我打电话给姑妈，提醒姑爹以后上电视注意形象，"他就一个土爪爪，这辈子改不了啦！"姑妈叹气。在我们眼里，姑爹是一个非常不懂生活情趣的人。一次他随县领导外出，接待方非常热情，晚宴后安排了舞会。按说姑爹这次出行对仪表是非常讲究的，理了发，修了胡须，穿上干净的白衬衫，表哥的旧西裤，还有崭新的球鞋。舞会刚开始，他就溜出来了，他说他的球鞋与那些高跟皮鞋碰在一起非常不自在，穿着解放牌球鞋的姑爹，一个人在街上漫无目的地闲逛。

去年农忙时节，年近60岁的姑爹突然病倒了，我们急匆匆赶到医院，病床上的姑爹不省人事，要推进手术室做开颅手术。姑妈坐在床前，不停地抹眼泪，母亲拉着姑妈的手，轻轻劝说："姑爹是个好人，上天会保佑的，这么多人都来看他，当干部如果都像姑爹，做人也还是有趣的……"那些天从老家来看姑爹的乡邻，来了一拨又一拨，母亲都接到家里，盛情款待，多年的积怨终于被醇厚的亲情融化了。

站在姑妈家门口，望着故园的山山水水，劝说搬迁的话再也开不了口。姑妈似乎猜出了我的来意，只说她和姑爹这辈子是不打算离开了，表哥的孝心她明白，姑爹在一旁附和着点头。想到前不久去省城办事，寄宿舅舅家。舅舅的勤奋苦读，以及日后的工作成就，几十年来被刀耕火种的乡邻当作教育孩子的典范。然而那晚在舅舅堂皇的住宅中，我们说到故园的每一处山坡、每一块坪坝，还有门前的樱桃树，一草一木，意犹未尽，直到凌晨两点，不时相望，热泪盈眶。此后我在网上见到舅舅的 QQ 签名是"梦里回回都在老家"。

"为什么我的眼里常含泪水？因为我对这土地爱得深沉。"故乡，是巴人世代生息的地方，先祖廪君与盐池女神的传说在清江河畔千古传诵：廪君率巴人向西拓展家园，与盐阳公主在盐池相遇，情愫暗生，喜结连理，他要继续西进，公主不许，化千只飞蛾遮蔽了天空，廪君弯弓射箭，美丽的公主从空中落下，跌落在他身旁，廪君抱起公主的尸体，站立船头，泪流满面……先祖寻梦的艰辛与执着，开拓了这片疆土，我的乡邻们，深情守候着这片祖祖辈辈辛勤耕耘的家园。故园，无论我走多远，你始终是漂泊者心中的根。

最繁华的淡泊

（一）远山近水：渔舟唱晚与隔岸繁华

蒹葭苍苍，白露为霜。在苍凉的冬日登临西坝岛，一种闲情逐水而歌。

它仿佛诗经中的女子，四面环水，在长江西陵峡口，以渔舟唱晚的美丽遗世独立。

西坝，古为楚国西塞，西汉设夷陵县时称西塞洲，因洲在城西，冬至可陆行上坝，谓之西坝。明朝万历年间，进士雷思霈歌咏西坝风情："面面皆江水，层层是峡山。人烟丛树里，麦浪古城湾。"

夕阳西下，映照万顷碧波，给远处的山、近处的城都涂抹上了一层神秘的色彩，让凛冽寒冬有了融融暖意，几只渔船随波渐远，泊向岸边。暮色中的西坝岛静如处子，坝首灯塔巍峨屹立，砥定江澜，为过往峡江的船只指引方向。护坡形的江堤从江心托举起这片狭长的岛屿，岛上绿树成荫，石砌的护栏与宽阔的人行道围岛而建，让它枕着波涛汹涌的长江却固若金汤。溯江而上，那些低矮的平房雕刻时光烙印，隐藏在小巷深处。没有车水马龙，夜幕中的西坝静谧安详，仅仅一江之隔，都市的灯红酒绿与它恍若隔世。

西坝渔街，毗邻三江，是宜昌人吃鱼的好去处，也是西坝夜晚的热闹所在。在绿树掩映下，一家家鱼馆鳞次栉比，一字排开。隔街相望，又搭建了一排通透的凉棚，从江堤上吊脚而立。踩着"咯吱咯吱"响的木板，凭栏而立，滚滚长江天际流的美景尽收眼底。馆内做鱼，棚内吃鱼，每到夜晚，人声鼎沸。夏纳凉、冬围炉，三三两两的宜昌人，下班后呼朋唤友，驱车过桥，几分钟抵达此处，点上一锅鲜美的鱼汤，一天的劳顿烟消云散。如果去得早，天未黑，还可以饶有兴致欣赏暮归撒渔图。"渔妇荡尾桨，渔翁撒细网。网得鲤鱼见，卖与客船上。"这些鲜活的鱼刚刚上岸，就被鱼馆老板抢购一空。三江鱼品种丰富，主要有长江肥鱼、江鲇、黄颡鱼，还有鲫鱼、鳊鱼、麻花鱼、翘嘴白等诸多品种。长江野鱼肉质细嫩、鲜美无比，无论文火煨煮还是红浪翻滚，满街飘香，吸引众多食客慕名而来。

在西坝吃鱼，除了舌尖上的享受，更妙的是心似平原走马。推窗揽月、江风习习，几盏渔火随波轻摇。与至亲好友推杯换盏、开怀畅饮，我们可以撸起袖子，不拘泥于任何礼节。鱼汤翻滚，一盘一盘新鲜食蔬涮进锅中，待酒醉耳酣，醉眼看河对岸我们生活的城市，与往常有了不同的况味。但见霓虹闪烁，宜化双子楼直插云霄，都市的万家灯火，被一江碧水隔离于尘世之外。远处高楼上的歌声，缥缈而至，繁华如过眼云烟。乡村的歌谣在心中唱响，那些远去的岁月，山川静默，无言诉说。想寻回千年前的东坡，月夜泛舟，扣舷而歌，枕藉舟中，不知东方既白。

（二）走进街巷：瓦楞上的乡愁

渔街虽闹，但终究只是夜晚一时的喧嚣。更多的时候，西坝是安宁的、沉寂的。只有来到江月清风的西坝岛，我们才真正回归到了枕着流水，唱着童谣的岁月之中。西坝是孩童嬉戏的乐园、青年的消遣、中年的回望和老人们诗意的栖居。幽深的街巷有邻里之间醇厚的亲情，红砖在这里永不褪色，瓦房与平房相间，时光溯回 20 世纪。漆迹斑驳的木门，挂着吊锁，屋外小小的庭院，收拾得干净整齐。墙角燃起小煤炉，瓦罐里飘着肉香，竹刷、簸箕、蒸笼屉有序挂在墙边。日子就这么随心所欲地过着，三三两两的老人，围坐在庭院里聊天、下棋、含饴弄孙，淡淡的阳光照在老墙上，光影斑驳，房子更显古老。墙角、露台、屋顶，但凡有阳光触摸的地方，巧妙塞上了一钵钵花草，或自种的青菜、葱花蒜苗。街巷曲曲折折，仅容一人通过，一转身、一凝眸，便有月季、吊兰的倩影映入眼帘。进入腊月，家家户户的房檐下垂挂着一排排腌制的香肠、鱼、肉，这是盐的味道、风的味道、阳光的味道，也是时间的味道、人情的味道。

乐享旧时光品味慢生活。生活在这里的人们，随遇而安，固守着内心的安宁。时光将他们与河对岸的都市，隔开了十年百年。在街巷中寻古访幽，间或有青砖黛瓦，斑驳的门额牌匾，檐下精美的波花草纹昭示着这是明清建筑。至喜亭、黄陵庙、栖霞寺、伏波宫、皂角树巷，这些古老的景观，在战火纷飞和历史变迁中，已渐渐踪迹难寻。只有通往江边的青石板巷和瓦楞上的几株衰草，还在牵动着思乡游子的心。

（三）魅力蝶变：最是繁荣昌盛时

江流千古，关于长江的历史，我们难以回想完全，但年年岁岁相似的江河，因为一个巨型水利工程而发生了变化。

一个舒享人生的西坝，并不完整。溯江而上，这座因水而兴的城市，在不断创造奇迹。西坝的古老与现代，以三江桥为界，演绎不同的风情。下西坝是低矮的民居，悠闲的慢生活，上西坝高楼林立，汇集着中国水利水电行业的精英与骄傲。

半个世纪前，武汉军区派专机把中共中央关于兴建葛洲坝水利枢纽工程的78号文件送达宜昌。这意味着，不足10万人口的宜昌，将在短期内接纳外来10万建设大军，用极短的时间再造一座宜昌城。那时的宜昌铁流滚滚、人声鼎沸，原水电部第10工程局的工程技术人员从丹江口水利枢纽工地转战宜昌；第13工程局从山东马颊河奔赴葛洲坝工地；基建工程兵61支队等建设兵团先后进驻。20年后，另一座举世瞩目的水利水电工程——

三峡工程落户宜昌。"金色三峡、银色大坝、绿色宜昌"，两座享誉世界的水电工程改写了宜昌的历史。三峡开发总公司、长江电力集团总部均设立于西坝。小小的岛屿，拥有上市企业 3 家。静默的西坝，承载着 10 多万工程建设者青春的火热记忆，在半个世纪里，见证了宜昌由鄂西滨江小城向省域副中心城市的嬗变。

西坝，是工程建设者的家园，他们最擅长在废墟上创造奇迹。那日我从峡江纸厂的旧址走过，瓦砾一堆，极目远眺落日余晖、秋水长天共一色的美景，心中生出些许遗憾，这里是否该有一座标志性的建筑，如诗如画如凝固的音乐，与山川美景融为一体？同行告诉我，宜昌音乐剧院选址于此。脑海中顷刻浮现出悉尼歌剧院的碧海帆影。宜昌是钢琴之城，如果可以在此聆听一曲天籁之音、欣赏世界级大师的精彩演出，应该是每一个宜昌人的期盼。

千年的西坝，从时空的隧道中款款而来。古松、古庙、老街、江心岛，在时光的秘密花园披一袭古典的袍；她向另一个门厅翩翩起舞，和着时代的音符，不断舞出生命的最美姿态。

第二辑 他乡明月

DIER JI TAXIANG MINGYUE

人生若只如初见

金秋时节，我们穿越了一条长长的时光隧道。

隧道的另一端，是繁花盛开的春景。那里有我们曾经的年少时光和同窗共读的情谊。20年，我们散落各地，疏于联络，在不同的人生旅程中起起落落，每个人有了一串长长的故事。20年，我们悲欢离合，青春不再，突然想梦回熟悉的校园，再看一看敬爱的老师和亲爱的同学，重温那份朴素珍贵的情谊。

于是，我们有了惴惴不安的等待。

酝酿着，期盼着……这一天终于到来了。我们放下手中的一切，从四面八方赶来，回到青春和梦想启航的地方——两江之滨，一中校园。

碧空如洗，初秋的阳光明媚灿烂。他不再西装革履，她也不再端庄优雅。简单的T恤，洗得发白的牛仔裤和运动鞋，一如多年前的青春洋溢，我们在球场上追逐奔跑，拍手跳跃。"20年天涯，92届回家"，让每个人的心中有了温热的感动。校门口的陡坡缓坡不见了，日日走过的葡萄架不见了，学生时代最害怕被老师叫去的灰砖木板办公楼也不见了。教学楼、实验楼、阶梯教室、男女生寝室沐浴20年风雨，矗立原地，老校园用似曾相识的亲切迎接了我们。

你来了，她来了，我来了，我们重逢在熟悉的校园。怔怔地打量片刻，继而是热烈的拥抱和一记重重的拳头。她会亲切拉过你的手，讲起埋藏在心底的往事和你们之间的趣事。"漫看昔日小丫美,遥想当时少年狂",习老师的诗文触动心中最柔软的心弦。学生时代的风云人物一点点鲜活了我们的记忆,回家专列开启怀旧之旅,沙滩上脚印串串,视频翻开张张熟悉的笑脸,那些发黄的旧照,让我们沉浸在 20 年前的时光。周校长幽默风趣的发言,生动再现了政治课堂的精彩和校领导呵斥食堂抢饭大军的威严。徐老师、程老师、何老师、李老师等,齐齐坐在我们面前,风采依旧,鲁同学由衷感叹:"我们老了,老师们还依旧年轻!"姚班长和临节同学的精彩发言与革命悲催,让全场忍俊不禁,爆发阵阵热烈的掌声。没有文理分科和成绩排名,师生情谊,在源源不断的茶话叙旧中流淌。

人生若只如初见,你我相遇在最美的青春年华,有一种暗恋的情愫悄悄滋长。一份默默的关注,一个会心的微笑,他的身影开始萦绕在你的脑海。从未细细打量他的容颜,更无勇气迎接那注视的目光,擦肩而过时,总是匆匆低下头去,悄悄走开。走在校园的葡萄架下,聆听熟悉的脚步在身后响起,心,会越跳越快。课堂上,你的思绪常飘过窗边,停留在了操场的篮球架下,想到即将到来的高考和毕业后的天各一方,眼前又交织了父母期盼的双眼,片刻走神后,将头深深埋进书本和题海。天空,有白鸽飞过,喜欢的话始终没有说出口。七月,流火的季节,我们来不及告别,匆匆分离。

曾经的同窗情谊演绎了多少悲欢离合?有人携手走进婚姻殿堂,今天双双前来,中年夫妻站在最初相识相遇相知相爱的地方,成为人群中瞩目的风景;有人在青春岁月中刻骨铭心地爱过,却擦肩而过。今天的你或许生活幸福美满,闲暇时也会回想从前。多年前那个球场上奔跑的阳光少年,那个娇俏可爱、文静清丽的少女,带着淡淡的微笑,让你在午夜的清梦里低回怀想。或许你的生活不尽如人意,在孤寂和失意中,很想知道牵挂的他是否一切安好?

20 年,我们经历了各种各样的人和事,被生活打磨得圆融通达。走在华灯初上的街头,熙熙攘攘的人群中,常会想起渐行渐远的青春,清苦充实的学生时代，那些明媚的快乐忧伤，再没有人，让你那样单纯地惦念……

觥筹交错，忆往昔峥嵘岁月稠，这一晚，我们都醉了。多年来梦魂牵绕的他，今天真实再现于眼前，坐在你的身边，嘘寒问暖轻声问候，让心中漾起温暖的感动。不再有年少的拘谨，你们大方留下第一张珍贵合影，分别后无数次翻看和细细打量；也有人黯然流下感伤的泪，喧闹的人群中，唯独不见那个期盼的身影，今生似乎无缘相见了；或是他来了，偏坐一隅，曾经的深情，有了冰冷的距离，爱，痛不能言；还有岁月陈酿的深厚友情，为虎作伥的兄弟，情同手足的姐妹。你们一起打过的架，一起追逐过的女孩儿，我们的江边漫步和喃喃低语。今夜，都让我们举起杯中酒，与往事干杯，为青春放歌。夜色中的尚品宴都，灯火通明，我为卿狂，我为卿歌，我为卿醉，笑中有泪，一饮而尽。

谁的寂寞覆我华裳，谁的华裳覆我肩膀？这一晚，我们沉醉放纵，辗转在白宫、馨宫、九九。今晚与他共舞，因为你的长发拂过他的课桌，曾扰乱了他紧张备考的平静心境；今晚与他举杯相对，因为青春的矜持骄傲，你不懂珍惜，忽视了他无言的关注；因为一起走过青春岁月的同窗友情，我们同歌共舞狂欢。激情酝酿，今夜难眠，无论是兄弟相拥的放歌醉酒，还是闺密间的彻夜长谈，面对回不去的青春年少，我们一起感物伤怀。聚春的凉面，望江楼的包子，江边的礁石，熟悉的歌谣，我们都想再去品一品，看一看，听一听，重温那熟悉的场景和记忆。远方归来的游子和那些重情达义的本地同学，一连六日夜夜笙歌，朝朝酒醉，让提前归隐的我们羡慕不已。

天下没有不散的筵席。离情因涛送梅刀而浪漫多情，当外地同学登上回程的航班，十二大终于落下帷幕。人散后，一钩新月天如水。世事茫茫，不知何年何月才能重聚？聚会激情如余音绕梁，迟迟不能散去。

20年，我们经历了风霜和沧桑。我们的人生旅程，既有拼搏的壮美辉煌，也默默品尝了失意的苦涩。未来的日子，还有一条长长的路要走。如果我们总是出海打渔，惊涛骇浪会让生活变得枯燥无味，偶尔也需要在沙滩上晒晒太阳。年少的时候，匆匆追赶远方的目标，许多身边的美好，被轻易忽略过去，20 年的青春，已不经意从指缝间悄悄溜走。20 年后，我们的人生有了更多的丰盈与精彩，依然前行，却放慢脚步，学会了在路上看风景。有了你们的陪伴，亲爱的同学，不管我们的道路是平坦还是泥泞，心会温暖。无论过去怎样悲欢离合，一起走过青春岁月的同窗友情，值得我们珍惜拥有，在不远也不近的距离里，给一份惦念和问候，看着你，由青丝变白头。

愿使岁月静好，情长久，人不老！

陌上花开缓缓归

　　午后上网，遇昔日文友，闲聊，问及一些旧友近况。朋友邀约，本周末宜都文联在郊外举行笔会，问我是否有空前来。得知笔会地点在风景优美的清水湾，正是草长莺飞的四月，对故土故人的想念和山水田园的向往，我即欣然应允。

　　晚上回家，为第二天的行程做一些准备，心中忐忑。我已离开6年，近年来宜都新人辈出，熟悉的恩师益友还能再见几个？身在外地，与旧友们联系甚少，却不时收到他们转赠的新著，数年来勤奋耕耘，成果颇丰，《灵魂在高处》《漂流散记》《目送归鸿》《百叶窗》等相继出版，我却由着兴致闲时涂鸦，自觉惭愧。想放弃此行，无奈时辰已晚，既已应允再致电改口，终不太好，于是在回忆与梦境的混沌中挨至曙光初现，梳洗完毕，走上清晨行人稀少的大街，向着出城的方向进发。

　　无论是乘火车还是汽车，我都喜欢人在旅途的感觉。凝望窗外，不同的城市与乡村风景如影掠过，天地辽阔任思绪悠悠。宜都是我生命中的第二个故乡，从年少时求学，至后来参加工作、恋爱、结婚、生子，我在这里度过了人生最美的青春岁月。人生变迁，几年前我离开了熟悉的长辈、恩师、同窗、同事，走向宜昌。在日复一日的喧嚣与忙碌中，常常会想念小城中闲适惬意的生活。多年前的寒冬，周末，一群年轻的朋友，背着吉他，拎着录音机和炊具，骑自行车前往宋山野炊。大家在空旷的平地上围着火堆烧烤食物，唱歌跳舞；炎夏，下班后，我们驱车一小时，去聂河的岩洞中吃鱼，暑气全消。回来的路上，只有月色如水，虫鸣啾啾，风送稻花香，一群人，弃了车，站在荒郊野外看月亮。

江月年年只相似，江月何年照何人？时光流逝，短短几年，宜都的巨大变化让我惊叹。古老繁忙的红花渡口不见了，从长江大桥向红花、陆城延伸的道路上，厂房林立，土老憨、宜红茶，一个个农字号品牌企业沿江突破，一字摆开。宽阔的道路两旁是高规格的景观带，黄杨紫棣，花团锦簇，春日里行走其间，想起"陌上花开歌缓缓"的诗句。但在10年前，这里只有一条泥泞的公路，两边散落着一些灰旧的民居。每当江上大雾弥漫，两岸的渡口摆起长龙，汽车喇叭声此起彼伏，提篮的小贩围着车窗，吆喝叫卖卤鸡蛋、矿泉水、煮玉米棒子，一船车过，扬起高高的灰尘，留下这些小贩，把希冀投向下一批车辆。真是今非昔比，今天的宜都，综合实力跃居全省县市首位，这样的跨越式发展，离不开一个开拓奋进的领导班子，一群弄潮的英雄儿女，笑傲荆楚，感受拼搏的壮美与辉煌，谁能说这样的人生不是一种精彩？

走进清水湾，是另一番景象。山峦叠翠，一湾清水缓缓东流，偶有白鹭飞过，姿态轻盈优美，乱了涟漪，转眼消失在绿林深处；暮云凝碧，古色古香的守敬书院依山傍水，灰墙黛瓦、乌龙飞檐，钟灵毓秀胜于岳麓书院。清新、古朴、宁静，在绿意中徜徉，远离尘世的喧嚣，只待风送水声来枕畔，月移山影到窗前。与熟悉的领导和朋友们一路欢声笑语，心情格外轻松愉悦，听完林业局领导关于天龙湾申报国家湿地公园的介绍，大家意犹未尽，合影留念。美女姜洁拉过"御用"摄影师广彦，摆出一个个经典的pose，姿态妖娆，笑如山花烂漫，希望留下最美的一瞬。广彦一如既往，谦谦君子风，举着沉重的相机，不辞辛劳，极认真地为我们构图、选景。一行人在宁静的景区道路上行走，每一处都有着独到的景致。走过小桥，抚触清源阁的轩窗，冥冥中似有一双眼。"你站在桥上看风景，看风景的人在楼上看你"，大概也就是这样的意境了。我们边走边聊，同行的有书法家杨苹女士，学识涵养丰富的吴老师，一位娴静端庄的周老师，还有老朋友孟持久，爽朗的笑声极具感染力。杨女士着一袭黑衣，白皙的手腕上戴一串纤巧的小红珠，素颜、典雅。几年前我曾在宜昌市博物馆参观全市第二届书法展览，在或行或隶或狂草的龙飞凤舞中，对杨苹女士的小楷印象非常深刻。笔中风骨如瑜晟，字里情操宛芷菲，这样的笔墨落迹在如佛教绣品的深黄色宣纸上，清新绝尘。字如其人，听她婉转谦和的谈话，心生敬意。再听吴老师解析《易经》，只觉玄妙深奥。

宜都是个人杰地灵的地方，山美、水美。无论是经济社会的发展，还是文化事业的繁荣，都如这春天的美景，欣欣向荣。此行，不仅让我领略了陌上花开的美景，重温了朴实珍贵的友谊，也收获了许多，领导和朋友们的新作，都只能回家一一赏读。

仅以此献给我的第二故乡，宜都。

山水清音

一幅画，搁置月余，今天终于静心完成。我依然在黑白的世界沉浸，追寻古人淡远的情怀，还原世界本色的纯真……

刚刚过去的两个月，生活以极端的方式进行，熬夜加班、闭关备考，紧张的间隙是朋友聚会，灯红酒绿沉醉。喧嚣终于过去，以"自在飞花轻似梦，无边丝雨细如愁"的情怀，对青春做了隆重祭祀。在秋意甚浓的季节，终于走进郊外，登高望远，在层林尽染中聆听山水的足音，有了或深或浅的感悟——

山 峰

静默，孤傲的屹立。你的目光，专注于天空，一点点向上延伸，保持成一种高度。从万亿年前的海洋，到破云穿雾的挺拔身姿，这期间，经历了怎样的碰撞与洗礼，才有如此的伟岸与坚强？

一次次船行峡江，远眺直入云霄的绝壁峭岩，屏神凝思，想象进入一个与天地万物相感应的浮想联翩的自由境界。那些远古的圣贤，藏满腹经纶，挟一身正气，游走天地间，以孜孜不倦的求索，留下为世人所称道的真知哲理。其高风亮节、智圣旷大，遗世而独立，今天我们称之为泰斗。泰山之顶，不仅是学术与造诣的高度，还有求索的执着、艰辛与清苦。国学大师季羡林焚膏继晷，兀兀穷年，以精彩绝伦的回忆散文、学术谈论和对中印文化交流史、佛教史等学术领域的贡献，被誉为融汇百家、学贯中外的学界泰斗，备受尊敬和瞩目，为人却异常平和低调。"环顾左右，朋友中国学基础胜于自己者，大有人在"，先后请辞"大师""泰斗""国宝"三顶桂冠。面对这样一位谦和的长者、智者，只能怀着一颗敬仰的心情。他让我们见识的不只是山峰的高度，还有一种博大，叫虚怀若谷。

每个人的心中，都有一座自己的山峰。这山峰也许代表了学业的成就、事业的成功、思想的境界，或是权威、造诣，并激励人们为之不懈努力。古往今来，有多少帝王将相，在鼓角争鸣与刀光剑影中，跃上权力顶峰，坐拥江山，何等豪迈。一代英主李世民文治武功，举贤纳谏，开创贞观之治，千秋伟业万古流芳。唐玄宗李隆基坐龙位而不理朝政，当渔阳鼙鼓惊破霓裳羽衣曲，安史之乱让大唐由盛世走向衰落。太极宫中，这位暮年的君主孤灯挑尽未成眠，何其凄凉。登临峰顶，让人领略的不仅是雄伟与精彩，还有险峻与孤独。

人生不过百年，红尘纷扰只如云雾中。历朝更替，英杰辈出；寒屋布衣，朱门绫罗，人间烟火延续了千年万年。山峰，这位沉默的智者，阅尽了多少人间沧桑？

奇　石

凝固宇宙亘古的寂静，包容大自然的万千景象。一方石，在人迹罕至的河滩上沉睡……

忘记了哪个世纪、哪一年、哪一天，在湍急的峡谷中，有过怎样惊心动魄的碰撞。当激流冲刷荡尽你的勇气，已经伤痕累累。就这样被泥沙挟裹着，一路向前。

既是石，又怎可以在混浊的泥水中茫然随波逐流？没有了方向，迷茫的行程只有漂泊的无奈，不如在浅滩里搁浅，哪怕只是一次小憩，也可以感受安稳。

所有的抗争与搏斗归于平静，停留是最好的归宿。忘却时间的久远，你开始日复一日的沉睡，任河流漫滩，风霜侵蚀。曾经的伤痕蕴刻成一道道花纹，藏进岁月深处，冰冷的躯体中有一颗无比坚强的心，岁月的沧桑。

是前世未尽的缘分，还是冥冥中的天意，当远隔千山万水的找寻，邂逅了这份守候千年的孤独。荒郊野外，一双温柔的手为你拂去满面尘埃。手指滑触的温情触动沉默的心弦。凝眸中，你沉寂的美丽徐徐绽放，沧海桑田，星辰日月，奇花异兽，文字成语，纹蕴悠长，像历史的书页被翻开，厚重平实，穿透岁月的久远，留下无限遐想。

置于案几，不着铅华，隐藏在朴素后的坚强，静默无言。谁说流沙会湮没你的美丽？这个世界并不缺少美，只是需要发现美的眼。

溪　涧

于落叶掩映下泉眼无声，到山谷间一路奔腾，这一路走来有太多的崎岖坎坷，你以水的柔韧而伸展自如。千尺飞瀑间一跃而下，嶙峋怪石中迂回前行，是什么让你执着前行？观赏了一路风景，感受的是奔腾的精彩。

溪涧潺潺流水声，是一曲动听的音符，平缓处，如古筝之曲在山谷回响，余音缭绕。而飞瀑之声，远远听来，如隐雷滚滚，如急雨哗哗，如浪拍堤岸，如千马奔腾，声浪阵阵不绝于耳，一种雄壮的气概油然而生。

泉瀑之水自山间来，源远流长，绵延不尽，砾石为底，山水相依。你的足迹浸润干涸的土地，那里便有了稼禾葱茏、花果飘香。润物无声又百转千回，如宋人之诗：

> 路转峰回又一村，
> 天寒大半掩柴门。
> 云融山脊岚生翠，
> 水嚼沙洲树出根。

任拥重裘风亦冷，

未投荒店月先昏。

今宵只傍梅花宿，

赢得清芬入梦魂。

湖　泊

是行程太累了吗，还是这边风景独好？有了雨水的滋润，再从天空撷下一方蔚蓝，你开始了经年如一的守候。牧童的短笛从村庄飘过，一方土地、一方人就在你的滋育下世代生息，安静祥和，以淡然处之的心态波澜不惊，感受清风明月的韵致，在垂柳的轻拂下恬淡地微笑。

当夕阳洒下一片暗淡的红，乡间的小路边，不知名的野花，遥看逝去的清风。一湖澄蓝的水，投下云的影。似大地美丽的眼，期待月亮的出现。光影流动，你波光粼粼的水面，荡起了微笑。几只不知名的水鸟，扑腾飞起，落入岸边的芦苇丛。远处的山影，为你筑起一道屏障。一只小木船推过来，波浪推向岸边，又嘎吱摇远。

没有什么，能扰了你静如止水。

《瓦尔登湖》置于案几。清凉的湖水汇入心间，将心境荡涤得如一泓秋水，不染纤尘。100多年前，梭罗拎着一柄斧子，移居到优美的瓦尔登湖畔，搭起木屋，开荒种地，自耕自足，过一种简单的隐居生活。在这里，他与大自然水乳交融，在田园生活中，感知自然重塑自我。

我喜爱我的人生中有闲暇的余地。有时，在夏季的一个清晨，我像往常一样沐浴之后，坐在阳光融融的门前。从红日东升直到艳阳当头的正午，坐在这一片松林，山核桃树和漆树的林中，坐在远离尘嚣的孤寂与静谧中，沉思默想。

池小能容月，心中有这样一泓湖泊，也可以装下一片高远的天空。

美人迟暮

暮春三月，与友人去长江西陵峡口赏花踏青。

这是长江中游一处独到的景致。山陵水夷，万里长江在此破峡而出，江面突然变得开阔，碧水东流，两岸青山隐隐对峙，大片的桃花与李花从关口探出娇美的身姿，把春的气息尽情渲染。同行友人皆为妙龄女子，在花丛中穿梭，春风轻拂薄薄的衣衫，飘飘然。怕负了这春光美景，我举起相机，以微距拍摄的方式，在红绿粉白间捕捉花朵的静影。一丛丛、一簇簇，或含苞欲放，或花蕊吐芳，暗香一缕，春意盎然。

待行至山脚，已过了花期，落英缤纷一地，与不远处的盛景形成鲜明对比。惜春常怕花开早，转眼成泥。捧起这些零落的花瓣，泛起悯旧怅古之意，让人想起历史上那些明媚动人，却又命运多舛、香消玉殒的女人们。

2000多年前，也是在这样的桃花三月天里，汉元帝特许即将远嫁塞外的昭君回家省亲。深宫寂寞，锁断了青春和爱情，如今又要离别父母，走向荒远、偏僻、风俗迥异的草原毡房，此去一别，再无归期。香溪河畔，昭君的泪落入水中，与河面飘零的桃花融合在一起，化作晶莹剔透的桃花鱼。那胭脂般的红，究竟能承载多少离人泪？民族关系、边塞安危，需要一个女子柔弱的肩头去承担，从长江畔到黄河边，她的美与坎坷命运，让文学和历史耐人寻味，如今，独留青冢向黄昏。

秦淮河上，温柔美丽、色艺俱佳的李香君，与名士侯方域相知相许，哪里想到，一向慷慨激昂、纵谈为国效忠的须眉文士，关键时刻腿软失节，节操与骨气远不及青楼名妓，最终香君血溅了桃花扇。曾诩豪情今变节，转恨无月更添愁，留下刻骨铭心的悔恨。

而这些女子中，最让人可叹可怜的是刀下才女鱼玄机。自幼聪慧，才学满腹，师从温庭筠，心生情愫，却被转作他人妾，遭发妻不容，得一纸休书，寄居道观，待夫君功成名就，终被彻底抛弃，自此坠入青楼，与香客文人日日诗酒、夜夜相欢，放纵中对老师的深情更让她倍感爱情失落、苦寂独处，因笞杀侍女，被加罪陷害，丧身法场。"枕上时垂泪，花间暗断肠。"读到这里，只能任由书页从指间滑落。

这些明媚的女子，如桃花般片片凋零。在千年前的男权社会里，她们的美貌、才情，要么在深宫中孤寂地消逝，要么扬名青楼，得文人志士、情场浪子一时之欢。幸者，如王朝云之遇苏轼，董小宛之遇冒襄，在男人仕途失意、贬谪流放时红颜相随，寄情山水，视为知己；不幸，如薛涛之遇元稹，"曾经沧海难为水，除却巫山不是云"，这边厢，薛涛吟着元稹的《离思》痴情守候，垂垂老矣；那边厢，却早已有了更青葱的女子相伴。蝶远去而花寂寥，信誓旦旦，背弃何急！这样的社会里，苦情重意奈何不了飘零身世，无论怎样的风华绝代，终只是被当作宠物、玩物而存在着，杨贵妃被赐死于马嵬坡，万千宠爱从华贵宫廷跌落于仆仆尘埃。西施沉塘，还要被扣上红颜祸水的罪名。

这是一段遥隔千年的距离，那些凄美的容颜、破碎的诗句，已在历史的长河和墨色古香的文字中沉淀下去。这距离，可以让我们拈花微笑，体会古典诗词的意境，也可以挣脱桎梏，在一个更加平等的现代社会里，绽放女人如花的生命，尽情享受女人的心性与安然。

数日前，朋友小聚，大家在一座清雅的茶楼挑了间有水帘窗户的包厢，透过潺潺流水，即可窥见霓虹闪烁的街景。

最先到达的是云，每次相聚，都由她周到地为我们安排好一切。

　　云闲赋在家，做着全职太太，相夫教子，逛街购物，瑜伽美容，日子过得富贵悠闲。5年前她从单位离职，让我们始料不及。因为云毕业于名牌大学，有良好的教育背景，很现代、很时尚，还是琴棋书画样样通晓的才女。但那时她的丈夫已创业成功，有足够的经济实力让她选择轻松的生活。每当我在朝九晚五的奔波中为工作、家务、孩子而疲惫不堪时，对她的生活总是心生羡慕。作为女人，能以自己的回归为亲人们营造一个温馨舒适的家，这样的选择没有什么不好，她似乎也很享受现状，早上睡到十点后起，然后上网种菜，虚拟感受田园生活的乐趣。云告诉我，除了家务、上网、娱乐，她对其他一切都提不起兴趣了，也没有复出工作的打算。每次见面，她的话题都集中在丈夫与孩子身上，这让我有隐隐的担心。她像一根柔弱的藤，把一生都依附在一棵树上，没有了自己的枝干与芬芳，该怎样面对岁月的流逝与人生际遇无常，每次看到她，我的心里想到的是现世安稳，岁月静好，只愿她的生活少些风雨。

　　约莫半小时后，静的跑车停在窗外。这位姗姗来迟的朋友，刚从美容院做完SPA水疗出来，周身散发着精油与花瓣沐浴后的芬芳，优雅落座，举手投足间风情万种。她的人生自然是精彩的，商海浮沉，为事业打拼，有自己的公司，丰厚的收入让她追求更有品位的生活。出入厅堂会所，周旋于官商间，说话办事从容干练，席间她的谈话不时被电话打断，也是一副运筹帷幄的样子。静还会时不时燃一根香烟，眉心轻蹙时，手指间烟雾缭绕，如情丝缕缕，这样一个风情的女子，至今未能走进围城。不知是商场让她经历了太多的变数而心生戒备，静对情感讳莫如深，我和云习惯了宁静安逸的家庭生活，面对朋友另类的情感，不愿多问，却在烟雾中看到了她的落寞。毕竟是女人，青春易逝、红颜暗老，当她在黑夜中像玫瑰一样寂寞地绽放，不知情归何处，这份精心修护的美丽可以维系多久？

　　几个性情迥异的女子，在不同的人生轨迹、生活经历中体会着不同的人生况味，会时不时地聚在一起，茶话闲聊，结构疏散。不盲从于朋友的生活方式，只是因为一种情谊，一起走过青春岁月的同窗友情，无论贫穷或富有，人生怎样起落，闲暇时想起，在不远也不静的距离中，给一份惦念和问候，看着你由青丝变白头。

我们一边轻松聊着天，一边等着一位从省城归来的同学。云告诉我，同学莉要回到我们所在的城市，在静的资助下开一个专店时，我的眼前就浮现出莉娇俏可人的形象。回想 10 多年前的菁菁校园，几个闺密都是如花般的女生，而莉的姿容最美，低头走在校园的葡萄架下，如水莲花般娇羞。每到下课时间，同届的、高年级的男生会围站在莉所在的教室外，从窗中窥视美人风采，那情景让人想起《陌上桑》中行者见罗敷，"耕者忘其犁，锄者忘其锄"的情景。这么美的女子，爱情自然比同龄女孩奢侈，听说大学毕业后莉很快结了婚，并因此留在了省城。时光荏苒，10 多年后她的重现，让我感到了惊诧。还是那么精致的五官，出水芙蓉的清纯已荡然无存，厚厚的脂粉与浓艳的妆容掩盖不了内心沧桑。草木一秋，美人迟暮，此情此景，有说不出的凄凉。终于明白，我们已不再年轻了，虽然大家都在对面部的精心护理中尽力挽留岁月的脚步，那是因为时常面对，感觉不到明显的变化。知道这位女同学刚刚经历情感的伤痛，一个人回到家乡生计艰难时，气氛变得很沉闷，对年龄的恐慌与情感的困惑让心情很不平静。未婚的、已婚的，美人尚且如此，谁又能保证在琐碎的婚姻生活中，那个今天与你相伴的人，还能在若干年后，爱着你苍老的脸上痛苦的皱纹？更何况这是个人心浮躁的年代。

一段时间里，心情处在不安中。我很想去见一位朋友，她大我 10 多岁，知性温婉的气质，宁静高贵。走进那收拾得纤尘不染的家，房间布置很雅致。桌上摆放着水养绿色植物，鲜活的鱼儿在水草下游来游去。植物和鱼，都是非常娇贵的品种，她却侍弄得生机勃勃。她的女儿已经大学毕业在外参加工作了，她们家就剩下两个人，她和先生。没有在客厅落座，她将我直接引进了里间卧室。她告诉我，她的先生喜欢看些新闻节目，让他一人在外看电视，我们在里间谈话更安静。卧室里灯光柔和，窗帘垂下紫色的纱幔，临窗两把座椅摆成促膝谈心的距离，这氛围，让我感受着闺中密友的待遇。不多时，她的先生推门而入，递上水果和清茶，盛放在很精致的器具中，再无打扰。朋友是我心中的完美女人，她在政府机关工作，担任着领导职务，工作非常繁忙，业余我却常能读到她所写的文章，字里行间透露出从容淡定。尤其那些独到的思想和见解，都以非常中肯的语气表达出来，让我折服。文如其人，无论对同事、亲人、还是朋友，她总是那样平和包容，让人有如沐春风的舒适温暖，又如一株兰花，一缕幽香沁人心脾。健康、饮食、美容、艺术、时政，与她的谈话无所不包，在这位年长的朋友面前，没有了青春即逝的诚惶诚恐，只有身心放松的愉悦。善良的笑容，干净清透的皮肤，淡雅的适合自己的装束，浓浓的女人味由内而外。一个拥有丰富完美内心的人，时光在她身上似乎停下了脚步，年龄只是一个符号。她说她也不想让自己很快地老去，除了工作和照顾好丈夫的饮食起居，业余坚持自己的爱好，读书、摄影、写文章，再加一点户外运动。她就这么真实而优雅地活着，将工作、家庭、家务打理得井井有条，让自己和身边人享受着生活的美好，也让我深深感到，只有阅历和充实才能积淀出这样一份自信与美丽。

终于释然，何必在意岁月让风华不在？女人，可以越活越美丽。

从朋友家里出来，走在华灯绽放、人群熙攘的大街上，内心有种从来没有过的安宁。

三月随想

　　柔风、蓝天、白云，三月的天空一片晴朗。

　　三月的假日，沐浴着轻柔的风，与友人擎一只风筝走进郊外的世界。远离了都市生活的喧闹，年轻的心挣开名利的羁绊，未泯的童心寻回依然真真实实的自我。踩碎一路细沙，一行行脚印依依渐远。在风中，在蒙蒙江雾中，在我们的奔跑和欢笑声中，那牵着我的企盼的风筝冉冉升起，飘飘摇摇。

　　手中的线越放越长，我的思绪也在远远地飞，便想对着远去的帆许下一个美丽的心愿，让飘摇的风筝幻化成一只绿色的和平鸽，载满我所有的希冀，飞向遥远的香港，也飞向世界各地每一个渴望和平的国度。把百年沧桑成历史，七一回归挥手告别耻辱的过去，在举国同庆的日子诉说每一个炎黄子孙共同的心愿：让蓝天永远回荡着和平友爱的鸽声。

　　松开手中的长线，远去的风筝渐渐隐成蓝天中一个小小的点，无论它飘向何方，我相信它能载着我的心愿，融入浩浩天地间，在天地间写一份永恒。

　　抬头望望蓝蓝的天，头顶飘过一片云彩，轻松、美丽、逍遥。此刻，我心情的天空也是一片晴朗。

想　家

　　年少的时候远在外地求学，我对家常有太多太多的思念与牵挂。

　　车站，人流。回家，我挎包倚墙孤单单地盼着归家的车。踏进车门的那一刻，心头便有一种如释重负的感觉，随车身颠簸，仿佛家的门槛已近在咫尺。离家，车启动了，我故作轻松向窗外挥挥手，转过身去却已热泪盈眶，父母含笑的双眼便布满整个天空。

　　回家，离家，多少个日月春秋，多少次来来回回，想家的心情斟满父母殷殷的嘱托，切切的期盼，直至走出校门，又开始背负起父母的重望走向另一个陌生的城市。远在他乡，虽屡屡品尝失意的苦涩，只要想一想家中期盼的眼神，就给了我自信与笑对困难的勇气，也终于让我明白：青春，总是泪水和着希望。

　　每逢佳节倍思亲。中秋夜晚，月很圆了，窗外的世界，是邻居家人团聚的笑语，但那些笑语只在窗外，并不属于远离父母的我。关上窗户，在我的小屋里燃一支红红的蜡烛，黄黄的烛光中静享夜的温馨与恬然，也总是在这样的夜晚，想起父母花白的发，微驼的背，想起童年的故园和雨后小溪边的青青石板，一任思绪随意遨游。

　　想家的时候，家是一盆温暖的火，温暖我孤寂的心；想家的时候，家是我黑暗旅程中的一盏灯，催我不断奋发、进取。月圆的时候，我对月思家；月缺的时候，我把思念托于一张邮票寄给家。月圆月缺，我心中都有我温暖的家。

小　巷

　　一条又黑又长的小巷通往一个只看得见四角天空的小院，曾是我人生旅程中一个流浪的驿所，离开它 10 余年了，闲暇时我常会想起我曾日日走过的小巷，想起小巷，就想起那首古老而美丽的情歌，也想起我的邻居红伟。

　　那一年我 19 岁，初出校门，远离父母，只身一人来到这个陌生的城市，在小巷的断瓦残壁间租一间小屋做我的栖身之地。红伟与我是对门邻居。每次下班归来，远远地，小巷尽头就会传来红伟的歌声："在那遥远的地方，有位好姑娘……"红伟的音质很美，他总爱带着忧郁的眼神唱这首古老而美丽的情歌。在他动人的歌声里，小巷里也随之响起众邻居欢快的锅碗瓢盆交响曲。

　　小巷长数百米，两边是一排建于二十世纪五六十年代的平房，低矮、阴暗、潮湿。这是市内一家濒临倒闭的大厂的青工宿舍，他们和红伟一样，大多在车间工作，日子清贫却其乐融融，有的在成双成对恋爱，有的新婚燕尔，有的初为人父人母，热恋中的甜言蜜语、打情骂俏与婴儿的啼哭声时常交织在一起，小巷里几乎没有秘密，却洋溢着最简单的快乐温情。吃饭的时候，很少有人规规矩矩地坐在自家餐桌前，他们习惯端着碗，这家桌上看看，那家锅里瞅瞅，东品西尝中说说厂里的趣事，讨论下怎么出去挣点外快。

一天中午，我费劲发着熄了火的炉子，浓烟滚滚，呛得满院都是，可一连几个煤，火还是熄了。我突然想家，禁不住坐在那儿流起泪来。这时，红伟走过来问我："煤在哪儿买的？"

"刚在送煤车上买的！"我止不住抽泣。

"这个黑良心的，竟欺到一个学生头上来了！"他飞起一脚，将那堆煤踢得满地都是，又用力在上面踩了几下。"小萍子，别哭了，到我家吃饭去。以后有我在，保证谁也不敢欺侮你。"

这时，红伟的妻子陈菊走过来，邀我进屋，递上碗筷，热情地盛饭夹菜。我难为情地揉着眼睛，红伟指着陈菊说，"瞧你菊姐，公认的大美人，当初我也没追她，她就心甘情愿跟我受苦受穷，我们虽穷，穷也穷得快活！"

"快活嘴！"菊姐脸上飞起一片红霞，我也忍不住破涕为笑。环顾四周，红伟的家很小，一间10多平方米的小屋里除了一床一桌几椅和一套简单的餐具，就再也找不出一样像样的东西了。他又拍拍菊姐的肩膀："放心，我不会让你跟我穷一辈子，等儿子长大了，我们也会过上好日子的。"目光里盈满了深情。

晚上下班归来，我的门口很整齐地放着一堆新煤，炉子里的火很旺地燃着，红伟拍着沾满煤灰的手说："以后买煤我帮你在煤栈里买。"我一时无语，执意要把钱给他，他却摆摆手："你人生地不熟的，手头拮据了不好，钱等你发了工资再还给我。"其实，他们厂已有好几个月没有发工资了，那一刻，我只觉得有异样的东西在眼眶里涌动。

以后的日子，常听小巷里的人说起厂里的情况，谈话中夹杂着无奈的叹息。企业停产的日子越来越长，终于有一天，他们厂破产了。那段时间，小巷里再也听不见红伟的歌声，所有的人都无精打采，一帮人整天无所事事战方城。一天晚上，红伟掀翻了牌桌。"堂堂男子汉，只知道打牌混日子，不能挣钱养家糊口还算人吗？"在他的带动下，没有资金，也没有固定门面，几个年轻人组织起来，成立了所谓的"忽见忽散"公司。一帮人每天早出晚归，四处找活干，帮人搬家、卸货、催收货款，什么脏活苦活累活都干。尽管如此，红伟重又唱起那首古老的情歌。

一年后，我离开了我曾日日走过的小巷，也离开了我朝夕相处的邻居。岁月流逝，许多尘封的记忆都在慢慢走远，小巷里的真情永远让人难忘。每每临窗远眺城市的高楼大厦，我就会想起小巷里为生计奔波的人们。只一日在人海中重见红伟熟悉的面容，两人都惊喜万分，在街头站立许久。红伟高兴地告诉我："忽见忽散"公司已发展成了有30多万元资金和20多人的"宏伟公司"，公司有了固定门面，他也有了自己的办公室，菊姐已官至他的"财政部长"。他们快要离开小巷搬进新居了……说起来滔滔不绝，神采飞扬。末了又说："谁要是欺侮了你，告诉我阿伟，我非揍他一顿不可！"说罢举起拳头，我们相视大笑。

昨晚梦中，我又重回小巷。人依旧，可小巷却再也不是记忆中的小巷，断瓦残壁成了往日的故事。在红伟宽敞明亮的办公室里，所有的人都在忙忙碌碌，开创着自己的明天。

穿越城市的声音

灰色的天空下拥挤的车辆与人群，每天我都在这座城市的茫茫人群中为生计而匆匆奔走，繁忙的工作和琐碎的家务，所有遥远的回忆都已尘封成记忆深处一张张发黄的照片，只在闲暇偶尔忆起时一闪而过，再在心河里荡不起任何涟漪。日复一日的奔波与忙碌，我总觉得生活中缺少什么。

直到有一天，一个声音，穿越城市的上空，在我耳畔响起，轻轻叩开了记忆的闸门。

那是个寂寞而疲倦的周末午后，我做完家务后懒懒地坐在窗前，房间里的电话不经意地响起："老师您好吗？"

一声轻轻的问候，像一股细细的暖流在久已干涸的心田里漾开，让我想起多年前在小山村里那段清贫而又充实的教书岁月，穿越时间隧道，小妞妞那清亮的、怯怯的、充满好奇的眼神在我眼前变得清晰起来。

刚毕业时，满怀对教师这一"阳光下最崇高的职业"的神圣敬意，我从喧闹的城市来到了这个偏远的小山村。崎岖的山路，高高的悬崖，几间低矮的瓦屋零星散落在半山腰，只有学校上空那面迎风飘扬的红旗在一片葱茏的绿意中，做着"万绿丛中一点红"的点缀，其实除了这一点，学校很难说得出有其他像样的地方，一所破旧的祠堂外加两间瓦房，五个年级60多个学生3个老师，在这里我一人带着三、四两个年级的六门课。学校没有食堂，每天放学后我还要到离校两里外的水井去提水，自己烧火做饭，初出校门的喜悦与豪情遗落在这一片贫穷和荒凉中。而班上那几个调皮捣蛋的男生对我没有丝毫畏惧，又每每让我头痛不已。那些日子里，各种各样的烦恼填满了我年轻的心。

尽管如此，我一再告诫自己不要将不满情绪带到课堂上来。每天我都将学案写得工工整整，心情平静地走进教室，但不愉快的事情还是发生了。那天下午最后一堂语文课上，我正在黑板上板书，突然感到头上粘住了什么东西，我用手摸摸，原来是几颗野生的小刺球粘在我的头发上。一定是那个调皮鬼干的好事，我强忍怒火继续板书，教室里开始有了嘻嘻的笑声，我又感到一双小手紧紧攥住了我的辫子。我转过身来，一个趔趄让我差点翻倒在讲台上。全班同学哄堂大笑，几个调皮捣蛋的男生龇牙咧嘴做着鬼脸，握我辫子的居然是坐在最前排那个胆小的名叫妞妞的小女孩。她正低着头飞快地往座位上跑，我再也不能容忍别人这样践踏我为人师表的尊严，"站住！"我大声呵斥道，恼怒地将手中的课本狠狠向讲台上扔去。全班同学顿时鸦雀无声，小妞妞坐到座位上开始低低抽泣。"哭什么哭？"我仍在气头上，"今天放学后全班留下，六点钟以前不许回家！从现在起，开学后所有的课文抄写三遍！"我拿过书，头也不回地走出了教室。

回到寝室里，一个月来所有的委屈一齐涌上心头，我的泪忍不住流下来了。我这又是何苦呢？我决定离开这个鬼地方，即使辞掉工作。我躺在床上想了很久，可面对今天的现实，我还是要去打水。

当我提着满满一桶水回到学校时，天已渐渐黑了。离开这么长一段时间，学生该没出事吧？我放下水桶急急赶往教室。奇怪，教室里静悄悄的，我推门而入，只有小妞妞一人坐在那儿抽答答地哭。

"他们人呢？"我非常着急。

"他们走了。"她从课桌里摸出一张小纸条，边哭边递给我。

我急忙打开，上面有几行歪歪扭扭的小字：

老师：

　　对不起，我们回家很远，先走了，我们保证再也不惹您生气了。

下面是全班同学的签名。看着这张纸条，我的怒气已消失不少。小妞妞怯怯地望着我，一副惹人怜爱的样子。

"你为什么不走呢？"

我轻轻抚摸着她的头。

"我怕——"她停止了哭泣，"怕您发火。"她断断续续地抽泣。

"只要你上课认真听讲，老师怎么会生气呢？"

我带她到我的寝室，打水为她洗净脸上的泪痕，又将她的短发梳得整整齐齐。灯光下小妞妞清清爽爽的样子很可爱，我准备留她吃过晚饭后再送她回家。

我忙碌着准备晚餐，她在我的身边围前围后。渐渐地，小家伙的胆子又大起来。她告诉我她的爸爸妈妈经常吵架，离婚后他们谁也不要她，就将她扔给了年迈的爷爷奶奶。她好想有一根又黑又长的扎着漂亮蝴蝶结的大辫子，可奶奶嫌麻烦，总是给她把头发剪得短短的。

"是吗？"我微笑着问她。

她还告诉我，今早她向奶奶要钱买练习本，奶奶没钱让过几天再买。中午李阳他们许诺她，如果她敢上讲台摸一下我的辫子，就送她一个练习本。她说她没想到我会发这么大的火。

她滔滔不绝地说。我没有想到童心的世界就是这么单纯。摸我辫子的理由只是为了换一个练习本。我想起了在城里做家教时，那个拥有无数玩具的养尊处优的同龄孩子，我的心里涌起一丝愧疚。

当我和妞妞摸黑走了近一个小时的山路，走进那间低矮的小屋时，妞妞的奶奶，这位满头银丝的老人将我端详了好半天，忙不迭地烧火沏茶。

"唉，娃其实蛮聪明的，都只怪我一把年纪了，什么也不懂，给老师添麻烦了。"老人叹息着说，饱经风霜的脸看上去像寒风中一朵傲霜的秋菊。

"奶奶，如果您放心，平时就让妞妞住我那儿吧，我会帮您照顾好她的。"其实，山风呼啸的夜晚，在学校空荡荡的屋子里，我需要有个人陪着我，哪怕她是一个很小很小的孩子。

老人望了我很久，混浊的眼里淌下泪来，我不知所措。

从此以后，我的小屋里常有学生带来的一把青菜、几个红薯抑或是一捆柴火。面对这些可爱的孩子和他们淳朴的父母，我感到一种沉重的责任感。我试着尽最大努力和耐心去认真地教好每一节课，在勾叉划点的伏案耕耘中度过了一个个宁静的夜晚。

一年时间转眼而过，我终于要走了，我想一个人悄悄离去。因为我不知道该怎样去面对这些难以割舍的学生。那天放学后，我将 300 元钱悄悄放进了小妞妞的书包，这是我参加工作一年来的所有积蓄。第二天清早，天刚蒙蒙亮时，踏着晨露与山雾，我早早来到公路上，等候开往县城的第一趟客班车。站在路边，我的目光紧盯着远处山腰羊缓缓移动的红色的点。不知何时，我的身后涌现一群人，是我的学生和他们的家长。望着晨雾中一张张熟悉的面庞，我的眼眶湿润了。我依依不舍踏进车门，他们将一满筐鸡蛋给我塞到车上，这是山民们认为最珍贵的东西。我哽咽着说不出话来，不停地向窗外挥手。

许多年过去了，小路上的依依握手，简陋教室里一双双充满好奇的眼睛，还有一片朗朗的读书声，永远留在了我的记忆深处，在都市的繁华与喧闹中，沉淀成我心中一份最宝贵的精神财富，勤劳、质朴与善良。

当妞妞喜悦的声音在电话中告诉我她已考上县重点高中时，我欣慰地笑了。在这个下午，一种久违的情感又回到了我的心中。我轻轻推开窗户，窗外有着很好的阳光。

橘园书香

周末去参加一个以丰收为主题的笔会，地点在西陵区窑湾乡。

那儿是宜昌城市的后花园，近繁华而远尘嚣。驱车约 10 分钟行程，都市的车水马龙被青山隔断在一道天然的屏障之外。放眼望去，天空高远明净，一片片静谧的橘园沿山坡起起伏伏，郊野的清新扑面而来。弃车踱步，在橘园中穿行，每一条小径似乎都可以延伸到遥远的天边，又转眼消失在橘林深处。沉甸甸的金橘挂满枝头，默默传递着秋天沉静而内敛的气息。有至情至性的墨客们，取了果篮，操起剪刀，将秋日阳光下散发着金色光泽的蜜橘连同几片枝叶捧入手中，剥开，分瓣入口，闭眼，细品那丝丝清甜，关于丰收的绝妙好词顷刻涌出，扬起一阵欢快的笑声。爱美的女人们，三五成群，举起相机，枝枝蔓蔓间或凝神静思或低眉浅笑，将光与影的捕捉定格成亲近自然的欣喜，默默心绪中展露一份属于自己的芳华。

置身田园，久违的闲适让人变得慵懒，此情此景，让我想起熟悉的故园，匆匆而过的年少时光。16 岁那年，因为清江库区移民，我们举家搬迁到县城近郊。百来户人家的村子，突然要接受数十个移民户，分给我们的田地都是本地人挑拣后剩下的，边远，尽管土质贫瘠，却承载着父母对于丰收的希望，尤其是隐藏在两道山峦间的一片茶园和橘园，更是寄予厚望。那时我和妹妹相继升入高中，而我又在外地的一所重点中学寄读，姐妹俩一年的学费和生活费，成了压在父母肩头一副沉甸甸的担子。母亲用她勤劳的双手将田地和林边小径拾掇得干干净净，橘树下不见杂草，园中空地套种着蔬菜瓜果。因为湾里没有人烟，还在地势偏高处搭了一个守园护园的棚子。四根粗壮的木桩立地而起，支起顶棚，床铺搁置在离地1米多高的半空，乘梯而上，四面来风，秋天一色尽收眼底，我和妹妹诗意地称它为"爱晚亭"。每年"十一"假期，也是柑橘成熟的季节，为了让劳累的父母能回家睡个好觉，我和妹妹自告奋勇去守园。白天，我坐在"爱晚亭"里复习功课，或捧着一本心爱的书籍阅读，很快就进入了物我两忘的境界。傍晚，归耕的乡邻从亭前走过，一路问候。当暮色越来越浓，寒意和恐惧一并袭来，活泼的妹妹不再东窜西窜了，像一只温顺的小羊依偎在我身边。为驱赶恐惧，我们开始唱歌，《晚秋》这些流行乐曲一支支唱完，快乐替代了对黑夜的惊恐。在空旷的林间，我们感受着自然的、无拘无束的乐趣，开始摇头晃脑，激情背诵唐诗宋词，对"平冈细草鸣黄犊，斜日寒林点暮鸦"等诗句有了更深刻的体会，直至枕着松涛入睡。

少年不识愁滋味。精心料理与守护的果园，艰难支撑着我们完成学业。每年上万斤柑橘，从采摘、背运回家、分拣、保鲜、装箱、出售，每一步都小心翼翼，唯恐稍有损伤，就会使整箱成堆的柑橘烂掉。遇上丰年，母亲带着喜悦的心情通宵忙碌，期盼满仓的果实能卖出一个好价钱。然而一盼再盼，始终没有客商上门问津，小县城那点零星的销量，却占用了宝贵的农忙时间。一次次整箱翻拣，倒掉的越来越多，直到寒冬来临，终于有河南的大卡车开进村口，收购价格被压到很低。每斤2角、1毛8、1毛5，由不得自己忍痛出手，丰收的喜悦荡然无存。寒假回家，母亲黯然的眼神铭刻在我年少的心中，至今想起仍隐隐作痛。

凝望着硕果累累的枝头，又是一个丰年，多么希望，柑贱伤农的情景不要重演。在农科所的柑橘打蜡生产线上，我的疑虑烟消云散了。自动化的设备，快速分拣、打蜡、保鲜，一个个色泽金黄、果品均匀的蜜橘有序装进印有注册商标的纸箱。"窑湾蜜橘"获得国家名牌产品称号，品质不断改良，价格逐年攀升，远销长春、天津等地。尤其是黑虎山柑橘，在宜昌市场非常俏销，不少人专程上门订购。

"过来看看，这边还藏着一个美人呢！"乡党委杨书记幽默的话语和神秘的手势，牵引我和女伴好奇走进另一片果园。个头大于一般蜜橘，果品似橙似柚，颜色青葱，我们戏称这从未谋面的"美人"为"最具风情的橘子"。"这是从日本引起的新品种，名叫'不知火'，一般在春节前后成熟，口感好，吃了不上火。"听了杨书记的介绍，我不由想，春节期间当人们吃腻了大鱼大肉，美人"不知火"的新鲜与甘甜定然会备受欢迎。改良、引进、深加工、品牌保护，这或许就是窑湾蜜橘市场俏销的魅力所在。

在林间徜徉，感受的不仅是一片丰收的果园，还是精神的憩园。这里没有城郊常见的大红灯笼高高挂，"农家乐"中麻将声声入耳。橘林深处，一间农家书屋在葱茏的绿意中弥漫着一缕书香，清幽，雅致。木椅木桌木柜，陈设简朴，藏书却非常丰富，每一本都经过了精心挑选。我回想起从前在书店偶遇杨书记选书买书的情景，似乎明白了这位基层党委书记的良苦用心。杨书记以前是区政府办公室主任，因为工作需要，我曾经参加区组织的季度经济形势分析会议，自己刚到区里工作，对区情很不熟悉，诚惶诚恐，只有认真记录每一位领导的精彩发言，在那时开始耳闻杨书记的真知灼见。后来看见杨书记在书店买书，没有想到领导那么繁忙，还能这样不断充实自己，点头致意，对这份儒雅平添一份敬意。原来他在坚持自己爱好的同时，利用周末休息，为这片土地上的农民精心储备着一份精神食粮。

农田耕作的艰辛曾激励我勤奋学习，跳出农门，农村文化的荒芜和信息闭塞，让我感受着母亲在丰收后的无奈与苦涩。农村文化建设，需要一个循序渐进的漫长过程。满柜的书籍，未必能对每一个农民产生吸引，但至少我们需要营造这样一种读书爱书的氛围。富裕起来的农民，如今缺失的又是什么呢？多么希望，这样的农家书屋能从一片橘园中走出，延伸向广袤的农村，把科技、信息、文明、知识撒向希望的田野，让农民朋友、像我的父母一样辛勤劳作的人们，学会科学耕种、有效贮存、从容应对市场，辛勤付出可以真实收获丰收的喜悦。

青山黛瓦、一片果园、一畦菜地、一柜书籍，这份诗意的栖居，在这次秋日之行后，成为我挥之不去的田园情结。

阳光一隅

　　办公桌前有扇窗，闲暇之余，我的目光飘过窗外停留在办公楼后那片空地上。其实，那里的景致并不美，空地因为长期闲置未用已郁郁葱葱长满了各种各样的草，草丛中还开着一些不知名的红红黄黄的花，但那些充满了生命活力的自然之色使久居斗室中的我心中漾出阵阵欣喜。

　　半年前，一阵建筑机器的轰鸣声打破了这一带的宁静，一幢十多层的宿舍楼随之在空地上拔地而起，多朝向的错层结构，灰白相间的主楼色彩配上大面积的反射膜玻璃，整幢大楼显得豪华气派。随着夜晚一扇扇窗口灯光的亮起，每家每户的阳台又陆陆续续装上了细密的防盗网和巨大的遮阳棚，白色铝合金玻璃后垂着厚厚的窗纱和窗帘，阳光被永远拒之于居室之外，每套住房看上去都密不透风。

　　我的目光仍时时飘向窗外，在钢筋混凝土的世界里再也寻不到洋溢着生命活力的红黄绿蓝，我有些隐隐的失落。我在心中一遍遍回想着那片空地，仍然期许着那样一片葱茏的绿意。直到有一天，我的目光又有了新的定格。在八楼有一个阳台是永远敞开着的，没有防护网，也没有遮阳棚，更没有玻璃、窗纱与窗帘，宽敞的阳台四周摆满了各种各样的花卉，笔直的、曲虬的枝干随意向空中伸展，红的花、绿的叶尽情舒展沐浴着自然的阳光雨露。阳台上还整齐地晾晒着一排洗净的衣物，五彩的霓裳在阳光下随风儿轻轻舞动，像一帧永恒的、流动的风景缤纷着四季的色彩。

　　我的心中又重新拥有了那种欣喜，望窗似乎成了我痴情的一种业余爱好。秋天的一个周末，我因工作需要来办公室加班。那天天气很好，天空是一碧如洗的蓝，阳光从窗口洒进来照在身上暖洋洋的。我第一次看见对面阳台上聚着很多人，他们有的微眯着眼躺在竹椅上，懒洋洋晒着太阳，有的三三两两站在花盆前，用手轻轻拨弄着枝干与泥土，还有的则围坐在桌边，手捧茶杯愉悦地谈笑着，阳台上不时飘出一阵阵开怀的畅笑声。优雅的女主人在阳台上进进出出，热情地为客人沏茶削水果。望着窗外阳光下的生活，我有些莫名的感动。阳光下的欢笑是那样的爽朗和愉悦，阳光下的友情是那般亲切与温馨，一切的恩赐却仅仅只因为有了一个并不算太大的敞开的阳台。

　　大自然无私地赐予了我们明媚的阳光和新鲜的空气，在现代文明与信息飞速发展的今天，我们却用封闭阳台、防盗门、现代交通通信工具把自己锁进了一个越来越狭小的空间，将阳光和友情拒之于门外。在物质生活日益丰富的同时却又在感受着心灵的疲惫和友情的失落。当我们叹息着人生活得太苦太累的时候，不妨在居室中为自己留下一个感受阳光爱抚的平台，在心中为友情留下一个自由畅谈的空间。

一剪寒梅

冷冷的风吹起来了……

飘飘的雪落下来了……

山野的梅花一簇簇开放了。

梅翩翩的身影踏雪而来，在瑟瑟的寒风中站成一株傲霜的梅花，怒放于冰天雪地。

梅是一所偏远山区小学的代课教师，函授时我与她同班同坐。我们修的是计算机专业，这个班的学员大多是来自条件优越的单位的20多岁的年轻人。当30多岁的梅带着山野的泥土芬芳坐到这群红男绿女当中时，引来同学们惊讶好奇的目光。

每次上课，梅总是姗姗来迟，悄悄坐到我旁边。几缕被露水打湿的头发散乱地沾在额头上，饱经风霜的脸，有与她这个年龄不相称的憔悴，只有亮如秋水的眼眸还能依稀辨出昔日的风采。她从自制的布包里拿出厚厚一摞书和资料，听课时神情专注地像她班上刚上小学一年级的学生，每一本书和笔记都做满了密密麻麻的记号。尽管如此，她仍会在课余时问我许多问题。当时计算机还不普及，她的学习只是纸上谈兵，而我在单位的机房里可以操纵数台电脑。每次我轻松地将"宝贵经验"写于一张稿纸上递给她，她都非常感激地对我说声"谢谢"，微笑中有一种说不出的亲切，让我想起我的小学启蒙老师刘。

　　刘那时20出头，清清瘦瘦的模样，一个人在深山里教着我们一个班4个年级的学生。刘待人和善亲切，像一阵和煦的风拂过山里人的心间。呼啸的山风伴着学校窗前微弱的灯光，映着刘伏案的身影，构成小山村夜幕中温暖的景。每年六一儿童节来临，几个学校的文艺汇演是我们期盼已久的盛会，然而山区学校的孩子，走进课堂已经很不容易，新衣、玩具对我们来说都是奢望，除了集体操、小合唱与诗歌朗诵，舞蹈、小品这些需要道具的节目几乎没有。这一年，年轻的刘老师不仅教我们唱歌，还给我和其他几个女孩子精心编排了舞蹈。她白天给我们上课，课间排练节目，晚上放学后，从学校后面的山上采回一把把树枝，洗净晾干，再把自制的红色绢纸花一朵朵点缀到树枝上。有了老师精心制作的道具，我们在《花纸伞》优美的旋律中翩翩起舞，老师拉着手风琴为我们伴奏。为了我们的节目演出更精彩，她不知熬了多少个不眠之夜，也让我的回忆中，山村的童年充满幸福和快乐！

　　刘青梅竹马的恋人是远方部队里一名年轻的军官，两人已相恋多年。有一天，她收拾好行李，就要离我们而去，送行时，这些山里的孩子都哭了。刘从此再也没有离开过这座大山，如今，老师昔日的恋人已是师政委一级的高级军官，我的老师依旧一介布衣，三尺讲台书写着人生的春秋。飞扬的粉笔灰让她的黑发染上了点点霜花。刘说，能看着这些山里的孩子一个个走出大山，是她的心愿。

　　我不知道梅是否也有过刘那样的爱情，但她亲切的微笑拉近了我们彼此之间的距离。与她的闲谈中，更知道了她那份生活的艰辛。梅年轻时在沿海城市里有一份体面稳定的工作，她随丈夫转业来到我们市，在一所偏远的山区小学任教。她的丈夫在市里一家效益不太好的企业里拿着一份微薄的收入，一个月才能回家一次。梅说她利用寒暑假时间函授，每天早上五点起床，匆匆料理完家务，安置好孩子，再乘两个小时的车赶来上课。尽管如此，她还是经常迟到。我为她这份艰辛和忙碌而困惑，她却笑说是为了圆一个大学梦，也为了充实自己。

梅的艰辛与执着让我感到一种精神上的失落，在都市的霓虹中安然享受青春的我是否该有一些属于自己的精神追求？从此我耐心地给她讲程序语言及数据库的维护与操作，她的成绩有了明显进步。临近毕业时，她比以前更忙了，单薄的身影在人群里匆匆地来，又匆匆地去，偶尔叹息说现在办一件事太难了。在我的追问下，她才告诉我，她在向市里申请一笔希望工程的捐助款给学校。班上有几位有条件的同学向她伸出了援助之手，不多久，我们帮她拿到了批复，我的眼前浮现出希望工程女孩苏雪娟期盼的眼神。

车在崎岖的山路上颠簸。时已深冬，新鲜的泥土气息泛着丝丝冷意扑面而来，窗外，满目都是一片萧瑟。三三两两的农人在田间劳作，手把犁锄，脸朝黄土背朝天的艰辛与刀刻的刚毅脸庞，老牛拉着破车的沉重叹息播种着一份微薄的希望。学校是一所很老的祠堂，秃圆光滑的石柱与台阶刻满斑驳的往事，飞檐画梁的石墙有几分倾斜，屋顶几根枯草在风中摇曳。几头牛系在操场的篮球架下，牛的叫声和着孩子们朗朗的读书声，有几分荒凉。我无聊地在校园里转悠着，阵阵清香扑鼻而来。循眼望去，一树梅花正傲然开放着。我爱梅，但不喜"占尽风情向小园""暗香浮动月黄昏"的山园小梅，虽风情万种，却不免媚俗，只有这凌霜傲雪的山野之梅，如淡墨渲染的花骨朵含苞欲放，阵阵清香沁人心脾，遒劲的树枝或弯曲或舒展，都在严冬中展示着一份顽强的生命力。

下课铃声响起，梅着一袭红衣走出教室。当她接过通知单时，眼里闪过泪花。她说过不了多久，一幢镶有星星与火炬的希望小学就会在这绿水青山中拔地而起，宽敞明亮的教室、现代化的微机室，完善的教学和体育设施，这里将成为山里孩子的乐园……她的眼里有一团淡淡的水雾。

当我挥手告别这片贫穷却充满希望的土地时，小路尽头，梅挥手的身影模糊为一片红色，在瑟瑟寒风中站成一株傲霜的梅花。

水晶情结

炎夏的清晨，我陪朋友去逛街选购订婚戒指。

"我要挑一枚最好的铂金钻戒，钻石代表了永恒。"说这话的时候，朋友沉浸在幸福和喜悦中。

逛完好几家商场，朋友在不停地摇着头。已快中午了，酷暑的热浪和焦灼的烈日，早已让我汗流浃背，四肢发软，头脑昏昏欲睡。朋友却兴致盎然，无奈，我只有硬着头皮陪她逛下去。最后，我们来到全市最大一家珠宝店，朋友直奔铂金柜台，在那儿流连忘返。我找了一个离空调很近的地方坐下来。吹着习习凉风，我是一个远离于人群之外的看客，静静打量着眼前进进出出的人。来这里光顾的大多是女性，有雍容华贵的夫人，青春靓亮的少女，还有手挽着手沉浸在甜蜜中的情侣。她们选购饰品时的神情都很专注。在这样的人群中，有一对老年夫妇看上去与众不同。他们60多岁的年纪，洗得有些褪色的的确良衬衣，朴素干净，塑料凉鞋上沾着一些泥土，可能刚从乡下赶来吧，戴着崭新的草帽。我打量了他们很久，看样子似乎在为老太太选购项链。柜台上已经放了好几条，老太太还在一条条认真试戴着，举棋不定的样子。对玉石和水晶情有独钟的我情不自禁走到他们身边，挑过一条深紫色水晶项链戴上，精细的菱形小珠子在脖颈上闪闪发亮，那种晶莹剔透令我爱不释手，但上千元的昂贵价格，只有遗憾地放回柜台。我刚放下，老太太马上拿起，戴到她黝黑的脖子上，她扭过头在镜前左看右看。

"好看吗？"她扭过头问我。

"这……"我为难地支吾着。

"喂，快过来帮我看看这个怎样？"朋友摇晃着套着铂金钻戒的手招呼我过去。

"好看！"我答非所问。

"就买这条！"老太太一脸坚定地说。

"花几千元买这个有用吗？"老头一脸疑惑，我也不解。

"怎么不管用，还专门来买。"

"好，好，你喜欢就买，结婚时你就念过，这几十年我终于给你补上了！"老头从贴身的衣袋里掏出一沓百元大钞，反反复复数了好几遍，交到收银员手中。

妆容精致的促销员一如既往彬彬有礼，将包装好的项链递给老太太，深鞠躬："欢迎光临，请慢走！"

"死老头子。"转过身的一刻，老太太像少女一般娇嗔。从她深深浅浅的皱纹里，可以想象"寒窑虽破能避雨"的新婚家境，还有漫长几十年中养育儿女的种种艰辛。我目送他们走出很远，老太太将装着项链礼盒的手袋紧紧攥着。

"选一枚戒指都这样累人，我现在就觉得结婚这件事情很麻烦！"回来的路上，朋友一声叹息。

"什么是永恒？"我没头没脑地问她。

"你说呢？"她反问我。

"你记得叶芝那首《当你老了》的诗吗？我想，应该是沧桑岁月里陪你一起变老，白发苍苍时，他还能陪你来买一条你心仪多年的水晶项链。"

我们意会地笑了。

执子之手

"于千万人中，遇见你所遇见的人，于千万年中，时间无涯的荒野里，没有早一步，也没有晚一步……"当相信彼此之间的真诚与踏实将使我们相伴一生时，我走进了围城。

带着喜悦的心情走出民政局大门，天空仍飘着细细的雨，早春的风带着丝丝寒意拂上面颊，想着即将离我远去的少女时代，心中涌起淡淡的失落。回头望望那个应该被称作丈夫的人，他一副大功告成的样子，得意地冲我一笑，撑开伞轻轻牵过我的手走进小雨中，一股融融的暖意涌遍全身。我低下头默默走在他的身边，走在他为我撑起的那一方无雨的天空下。

天作之合，终身大事……所有关于婚姻的词一个个从我脑海中闪过，我终将有一个属于自己的家了，一个虽不华丽却透着温情的家。我的家，它将是我在风雨夜晚归时，心中点亮的那一盏温馨明亮的灯。

我想起了一个关于灯的故事：一个才华横溢的大学生，为了改变家乡贫穷落后的面貌，毕业后自愿回到家乡云南边境山寨，当了一名普通的中学教师，深爱着他的女同学，也放弃了大城市优越的生活环境，不远千里来到恋人身边，夫妻俩将青春的热血洒给了边寨的教育事业。每到周末，男教师都要步行几个小时的山路，去另外一所学校与妻子团聚。天黑了，在空旷的山野中，唯有远处家中窗口亮起的那盏灯在心中燃起无限温情，他的脚步加快了。一年又一年，男教师用渊博的知识向学生和乡亲们讲述毒品的危害，教育他们珍爱生命远离毒品，他的做法引起了毒品贩子的恐慌和憎恨，他们设下了圈套。吸毒—戒毒—再吸毒，男教师在毒品的深渊里痛苦挣扎。满怀着对妻子的愧疚，他对生命绝望了。善良的妻子狠下心将他捆绑在床上，伏在被毒瘾折磨得奄奄一息的丈夫身边，一遍遍讲述着那些幸福的往事，并在床前点燃了一支支蜡烛。一天、两天、三天过去了，微弱的烛光里，他又重新燃起了生命的希望之光……

"立定！"他的命令将我从沉思中惊醒，不知不觉中，我们已走到了十字路口。街中心有一幅巨大的灯箱广告，画的一面是一对夕阳中牵手的白发老人；另一面是一张漂亮的婚纱照，身披白色婚纱的美丽新娘依偎在新郎身旁，两人伫立在黎明的霞光中憧憬着幸福美好的未来。许多个华灯初上的夜晚，每当走过这个街头我都忍不住回头张望，将自己的心情也一次次沉浸在将要做新娘的幸福喜悦中。今天在这张白发老人的画像前，我停住了脚步，画面上满头银丝的老人互相搀扶着，从容走在夕阳中，温暖的阳光照着他们布满皱纹的笑脸，这笑容是那样慈祥、灿烂而愉悦。我在画前站了很久，凝视着几十年风雨人生中的携手相伴，眼眶有些湿润。突然他用温暖有力的大手紧紧握住了我的手。抬起头来，雨伞下的他大半个身子都已淋湿了，雨水正顺着额前的发梢，一滴滴往下淌，原来我只顾低着头往前走，他一直将小小的雨伞罩在我一人身上。

执子之手，与子偕老。从此后我将平凡地为人妻、为人母，用我的辛勤与努力为家人营造一个宁静的港湾，点一盏心中永远温馨明亮的灯。人的一生会有许多起落，但在彼此拥有的真情、信任与宽容里，今生今世，我们将永远携手在人生的风雨旅途中走下去。

幸 福

邻居家 10 岁的女儿正在学琴。每天清晨，当断断续续的音符奏成一支支和谐的曲子越窗而入时，我家 10 个月大的小儿子就瞪大了眼睛四处张望，手舞足蹈，高声叫喊，欣喜之情溢于言表。

久闻之则心向往之。周六早晨，我心疼地花掉了大半年工资，兴冲冲地将一台钢琴搬回了家。丈夫说我神经，"有钱人也没像你花 1 万多元给不到 1 岁的孩子买个玩具，莫非你还想大器晚成不成？"

"这是启蒙，总比你一厢情愿抱回个布娃娃他瞧都不瞧一眼要强。"我淡然一笑，忙着收拾房间，给宝贝寻找一个合适的安身之地。搬桌子，安插座，一切布置妥当，轻拂琴键，泉水一样的"叮咚"声在房间里弥漫开来。儿子像虫一样趴到琴上，瞎乱捣鼓，忙活了整整一个上午，我一周来的疲惫在儿子快乐的笑声中消失得无影无踪。

以后的日子，每天早晨儿子从被窝里出来尚未穿衣就手指着琴"咿呀"地叫，全然不顾睡眼惺忪、光腚赤脚的"光辉形象"，含糊不清的语言让我听不懂他说的到底是"琴"还是"成"。我被儿子的快乐和执着感染了，我决定学琴，并从为师的妹妹那儿抱回一摞音乐教程，每日朝三晚九，儿子则在旁边敲键为我"伴奏"，几天之后便渐渐能弹奏《七子之歌》一类非常简单的曲子。

我真想感谢上苍，赐予我今生最珍贵的礼物——我活泼可爱的儿子，让我渐渐读懂生命的另一种含义，一种平凡的快乐和幸福。我永远忘不了初为人母的那一刻，在儿子响亮的第一声啼哭中我淌下了幸福的泪水。那是我终生难忘的时刻，伴着我缓缓滴落的幸福的眼泪，听到了儿子呱呱坠地后的第一声啼哭，响亮有力，是我今生听到的最美妙的音乐。我终于美梦成真，能够拥儿入怀了。一缕暖阳透过窗户照进产房，窗外北风呼呼吹过，室内却温馨如春，我仔仔细细打量着襁褓中的儿子：圆圆的小脸，光洁粉红的皮肤，浓黑的眉毛，长长的眼睑，黝黑油亮的头发，嘴里还不断地发出很响亮的"吧唧吧唧"的声音，真是个小馋猫儿。我将他纤细的十个小手指数了又数，刚才所经历一切的痛楚顿时烟消云散。我亲亲的宝贝儿，从此便融入我的心。我并不奢望他以后成名成家，只希望他在和睦的家庭中有一个幸福的童年，在母爱的阳光下健康快乐地成长，并尽我所能让他受到好的教育。这个冬天因儿子的到来变得温暖而细腻，而我的生活也因儿子一点点地发生了改变。

身为小家庭的"财政部长"，我的职责是每日在家、单位、菜场三点一线的穿梭中精打细算。有了小家伙的吃喝拉撒，我不敢有任何随心所欲的开支。每当走过商店橱窗，望着心仪已久的皮包等饰物，我总是犹豫再三，然后恋恋不舍地走开。今年年初进行家庭财政预算时，丈夫向我陈词他最大的梦想是驾着私车闲云野鹤般游遍山山水水，其言之切切，让人不忍拒绝。我思索片刻，婉言相劝："咱们上有老人，下有小儿，每月工资除去吃穿医人情开销外已所剩不多，看在我现在少买新衣的分上，车还是以后再说吧。"他不再吱声，我也深感过意不去。拮据的小日子里有了儿子的哭声和笑声而变得丰富多彩，但总是欢乐多于烦恼。在柴米油盐、锅碗瓢盆的忙碌中，我们学会了相互理解和宽容。因为儿子，我不再抱怨工作的枯燥和平淡，开始踏踏实实，从容面对工作中的困难和不顺。在竞争日趋激烈的社会里，我不仅要靠它生存，更需要它来不断充实自己，我感到了肩上沉甸甸的责任。

为人妻，为人母，漫漫红尘中我只是一个平凡的女人，但却拥有一份平凡的快乐和真实的幸福。我常被一种真情感动着，并精心维系着它，那是我幸福的源泉。婚后忙于工作和家务，昔日好友相聚的时间越来越少，偶尔通话叙旧，朋友总会问上一句"今天上新浪网看育儿栏目了没有？"一声轻轻的问候，心中顷刻溢满温情。"六一"前夕，在外工作的妹妹寄来些钱，附言栏里写着"给阳阳过节日，别用来买小菜！"短短两语，小妹活泼俏皮的形象清晰浮现在眼前，曾经朝夕相处的童年和少年时光虽已匆匆流逝，而手足情深的姐妹情谊却始终未曾褪色，愈加弥足珍贵。

我是个善感的人。看完电视剧《激情燃烧的岁月》，里面的许多剧情都让我为之动容：男儿有泪不轻弹，热闹的婚礼上，英雄石光荣祭酒缅怀死去的战友，情到深处声泪俱下；读不懂严厉的父爱，离家18年未归的石林携幼子在父亲的病榻前长跪不起，多年的隔阂化作无言的热泪；白发夫妻站在最初相识的地方，一句"下辈子我还在这个地方等你"的承诺源自半个世纪的风雨相伴；北上的火车上，美丽优秀的石晶偶遇苦等10年的恋人，抱着恋人残缺的右腿为擦肩而过的爱情失声痛哭。生死与共的战友情、严厉深沉的父子情、相濡以沫的夫妻情、纯洁无瑕的初恋情，这样的真情又怎能不让人感动呢？不同经历的人对幸福的理解不尽相同，但我相信一对在寒风中守着麻辣烫和烧烤摊到凌晨一点供养孩子上学的下岗夫妇一定拥有患难与共的真情，他们的幸福是真实的，也是长久的。亲情、友情、爱情，拥有真情就拥有幸福。

幸福的时光人人都曾拥有，有人放纵，幸福转眼即逝；有人珍藏，幸福在心底如幽兰时时绽放。我依然练琴，却是在用我的一生演奏一支名叫《幸福》的乐曲。

走进围城

"简，等等，简，别急于决定……再等一会儿。""简，是你吗？……是你，简，真是你！你是来看我的？"

失明的罗切斯特颤抖着手，抚摸着朝思暮想的爱人的脸。

"我们再也不要分开……"漫天风雪中两人紧紧拥抱，低回、缠绵的乐曲久久回旋。这是电影《简·爱》中的场景，剧情外的我热泪盈眶。"难道你以为我贫穷、低微、不美、矮小，就没有灵魂、没有感情吗？我也有的，如果上帝赋予我财富和美貌，我一定要使你难于离开我，就像现在我难于离开你。上帝没有这样，可我们的精神是同等的。"她不卑不亢，等到了让人心悸、生死相依的爱情。

他爱我吗？结婚后一年，我们依然在二人世界沉浸。这个周末的下午，我有些百无聊赖。看完电影，开始严肃思考爱情与婚姻此消彼长问题。

"我想你可能没有真心喜欢过我？"我试探着问正在一旁擦地的先生。"胡说！"他头也不抬，专心致志挥舞着大拖把，从我身边擦到另一个房间去了。

我落寞地坐在那儿，心中充满了委屈。

想到前不久，婚后第一个情人节，我在下班路上，看到沿路花店摆满了漂亮的玫瑰花束，身边走过恋爱中的情侣。回家后，委婉问询家中这位，今天什么节啊？他想半天，反问我，是重阳节还是西方的洋节？我说家门口那些花店里的玫瑰开得好漂亮呢。他说你怎么喜欢这些啊，都是骗人的，这个季节，我们这街上没有真玫瑰，都是月季花呢！真是让人无语，一年前的今天，我不就是沉浸在99朵玫瑰的喜悦中，和他牵手的吗？

怎么会这样？我决定去看望一个朋友。敏是我少女时代的密友，我们曾经像双胞胎姐妹，着同款的清新文艺装，绑在一起逛街、品咖啡、跳舞、出门远游。而婚后我和她都尽力扮演贤妻的角色，疏于联络。几天前她在电话中问我什么时候有空去看看她的宝贝儿子。"我仔仔真是天底下最聪明、最漂亮的宝贝！"她的语气里充满了幸福和喜悦，让我想起当初热恋中的她，也总是抑制不住喜悦对我说："袁哥哥对我极好哦！""袁哥哥"是敏对她家那位的昵称。

在弥漫着奶味和尿味的房间里，婴儿响亮的啼哭声令我不知所措。小两口正手忙脚乱地给孩子洗澡。"好仔仔别哭，再哭爸爸就把你扔到垃圾桶里去。"笨嘴笨舌的袁哥哥不停哄劝，出生才几个月的小婴儿根本不理这一套，伸胳膊踢腿哭个不停，一不留神，一盆水被打翻在地，袁哥哥抱着孩子，人仰马翻躺倒在地上。"这么大的人连个孩子都哄不好、抱不稳，经常让仔仔把裤子尿湿，他要是病了你一个人担！"伶牙俐齿的敏一边气恼地数落，一边麻利地抱起孩子。可怜的袁哥哥像个做错了事的大孩子，一言不发地打扫战场。眼前一身布衣侍弄孩子的小敏，很难让我再将往昔那个活泼美丽时髦的女孩联想到一起。喂完奶，哭闹的孩子在她怀中安静入睡了。她调皮地眨了下眼睛，歉意一笑，"其实我们袁哥哥还是挺好的！"

"我怎么知道小家伙什么时候要方便？早知如此还不如像靓蓝她们那么过……"袁哥哥噘着嘴，委屈极了的样子。

靓蓝是我们的另一位朋友。结婚前夕，我和敏为了将新房布置得有品味些，决定去向这位学艺术的朋友取经。走进她的新居，这样的布置让我们诧异。靓蓝和她老公，两位可爱的画家朋友在这样的环境中经营他们超凡脱俗的婚姻。一间只有十几平方米的小屋里铺着一张黯淡的像老鼠皮一样颜色的地毯，墙角地毯上放着一张宽大的床垫，没有床架，床头倒挂着一个大大的木质羊头根雕，据说这是一件非常艺术的工艺品。室内唯一的家具是一组有六个屉子的矮柜，他们夫妻各分三个放置衣物，绿色的墙壁上贴满了他们大大小小的生活照。除了地毯上散落的书，柜上还有两副碗筷。很显然，他们这种独到的艺术品位是无法借鉴到我以温馨为主题的居室布置中去。临走时，靓蓝再三挽留我们跟她一起去食堂吃饭或去消夜。她说他们自己从来不做饭，所有的积蓄都用来外出写生或周游列国，她老公要让她做他一辈子的妻、红颜知己和情人。我问她以后有了孩子怎么办？她说不想要。

"你说靓蓝她们这种婚姻会长久吗？"我问敏。

"怎么说呢，各有各的生活方式，结婚几年了，他们好像一直都过得挺快活。互补也好，志同道合也好，反正合得来就好！"

回家路上，我走进一家副食商场，挑选了一袋老公爱吃的柿饼，准备回去讨好一下这个木讷的家伙。

美丽在遥远的山那边

　　久居于喧闹的城市，在日日的奔波和忙碌中，常有莫名的烦恼和郁闷拂上心头，于是晨钟暮鼓里古松翠柏掩映寺庙的宁静便酝酿成心中一份久久的向往。

　　盼望了许久，也思念了许久，在春风和煦的三月天里，带着如释重负的心情与友人相伴走向遥远的梁山，走向一片有着美丽自然风光和浓郁土家风情的世外桃源，走进一种经乐声中人性与自然融合后无忧忘我的空灵意境。

　　初去梁山，心中自然感到新奇，遐想悠长，路途也变得遥远。车窗外金黄的油菜花灿烂地盛开着，柔和的春风将满山遍野拂出一片盎然的春意，远远近近的农田民宅点缀在一片浓浓的绿意中。这一路春景让我感到了一种久已忘却的陶醉。

　　翻过一座座山坳，喘着粗气的汽车终于在一片空旷的平地上停下了，我们已来到梁山脚下。走出车门，首先映入眼帘的便是一派祥和安静的田园风光。平坦的坡地上是片片整齐的茶园，其间有十来户人家，青瓦土墙的房前屋后都种着碧绿的菜畦和果树，屋角水井上的竹槽正缓缓地滴着水……有三三两两包头帕的农人在田间劳作。正是采茶的季节，我走进附近一片茶园，情不自禁摘下一捧，嫩绿的芽儿被阳光照得湿热，握在手心里就有了一种舒适慰帖的漾动，一种异样的情感慢慢从心底涌起……

童年的我每逢暑假都要跟随母亲去茶园采茶，而那时的采茶却是这般艰辛——酷暑的骄阳灼热地炙烤着大地，滴滴的汗珠从额头流下渗进脖颈，汗湿的衣服紧贴在身上，没有一丝风，只有知了在烦躁地鸣叫着，一种说不出的热痒和干渴驱使我走向树荫下的水壶。可望望汗流浃背的母亲，匆匆喝一口自带的凉茶，又回到烈日下咬紧牙采完一级级茶梯，再用这些嫩绿的叶芽儿换来我一学期的学费和文具。在滴滴的汗水里，这来之不易的学费也换来了我优异的学习成绩和母亲欣慰的笑容。走出那座大山许多年了，而当年采茶的情景却常在眼前清晰浮现，并沉淀成心中一份宝贵的精神财富。

从山脚向上仰望，梁山像一幅浅绿的垂天帏幔，从金顶逶迤而下，垂下秀丽的风姿和神秘的风情，而那半山腰的红屋则如绿幔上缀着的一颗红宝石，精巧地做着一种点缀。梁山的故事很多，龙头香、梳妆台、打子岩……每一处动人的景致都有一个神奇美丽的传说，我们就是在一个个久远的传说里走上那窄窄陡陡的石阶。青光的石板路没有任何人工凿刀的痕迹，亭亭玉立的香椿树在路边迎风招展，深红的新叶飘出阵阵新香，一路友人的说笑响彻山谷，惊得林中鸟儿扑扑飞远。但见前后游人香客络绎不绝，如线穿的珠子从山顶沿小路撒下。偶有峰回路转，却又险到极致，我不敢有丝毫怠慢，专心致志拾级而上，心中默数石级，想古梁山为兵家必争之地，或许凭的就是这得天独厚的险要。行至半山，便渐渐感到双腿疲软，而山顶隐隐传来的诵经声却又深深召唤着我，稍作小憩后再继续前行，山顶的寺庙仿佛就在眼前了，可前方的峭壁上却架着一座窄窄的木桥，仅容一人通过。我犹豫着，幸有友人相助才得以顺利跨越。

无限风光在险峰，走完最后一级石阶，便恨不得一眼阅尽这奇丽壮观之景。

天空是那般高远明净，将心情也融释得透明。站在高高的梁山金顶，看远处的山山岭岭都是从自己脚下派生出去，心中就有俯视的快感，便生出些旷远的意境，把自己和群山翠峦融合在一起勾画成一片壮丽的风景。

俯瞰山脚，幽远的探母沟笼着一层薄薄的轻雾，如一个新生的婴儿罩着白白的棉被在绿幔中酣睡。再见身后，金碧辉煌的金顶祖师殿内香烟渺渺，远道而来的香客在木鱼声中虔诚跪拜。走进庙堂，我随手拿过一本《觉海慈航》细细翻阅，寺庙住持马上又递过我几本经书，但见上面都印着"普赠各界广结善缘非卖品"字样，一时倍觉难为情。友人劝我在此许一心愿，我本不信教，但又盛情难却，想就许一个愿吧！燃香、叩首，再往功德箱里放进一片心意，且幸运抽得一上吉签，短短几语竟不知何意，不巧的是解签的道士已出门云游去了，这样也好，把一份美丽的遐想永远留在心底，心中却有说不出的喜悦。

从山上下来，饥肠辘辘的我们走进梁山大雄宝殿的斋房，不多时便有各种式样的十二碗斋菜端上桌来，扣肉炒菜荤素样样有，怎么会有荤菜呢？我不免纳闷，小心翼翼夹起一块放进嘴里，口感颇佳，原来是选用上好的豆腐烧制而成，这倒让我一时忆起前些天品尝的土家腊肉的美香，再细品斋菜，就总觉得缺少了什么。"我本红尘中人，吃斋念佛的清苦非我所能。"朋友一语道出真情。但梁山的香火斋饭却是源远流长，远近闻名，据说解放前香火最旺时一天开斋达80多桌。当我们从斋房走出时，附近农户的屋顶上也已飘起了炊烟，或许山村的日子就这样被柴火和炊烟追赶着，却让温馨的风景永远飘散在了我的梁山记忆中。

从梁山归来，我又重回了小城的尘世生活，或许是受了佛意的影响，心情竟比以前晴朗了许多。每天下班归来早早料理完家务后，手捧一杯新沏的梁山茗毫，在桌前温馨的灯光里翻开一本自己爱看的书，杯中新茶飘散的阵阵清香任思绪忽远忽近，心情或浓或淡恣意挥洒。周末假日邀上三两个好友于家中小聚，洁净的餐桌上摆着精心制作的菜肴，为友人斟一酌醇香的"将军玉酒"，友情就在深深浅浅的酒杯和娓娓叙话中源远流长，而那美丽如画的梁山便永远留在了遥远的回忆里。

红被面

外婆离世 10 年了，但她的音容笑貌我们不曾淡忘。

外婆走得很平静，深夜因心脏病突发而离开我们，前后不过半个小时。就在这天早晨，外婆接到我母亲的电话，说要和小姨去看她，并接她到我们家小住一段时间。84 岁的外婆满头银丝，身板儿硬朗。这一天，外婆为出发忙忙碌碌准备。她将舅舅家楼上楼下的窗帘和床铺换洗得干干净净，下午在菜园里拾掇，瓜蔓豆秧各就各位，杂草全无。晚饭后为女儿和外孙准备了自己精心制作的各种风味小吃，有从山上捡拾野果自制的橡子豆腐干，还有各种干腊特产，一包包，一捆捆，收拾妥当。可是她没有等到第二天女儿的探望，当天夜里，突然说胸闷。就在一家人联系医院，手足无措时，她用手指着外公的遗像说："他接我过去了！"安详地闭上了眼睛，留给母亲和小姨永远的心痛与止不住的泪水。

童年的记忆里，外婆常给我讲起早逝的外公，也讲起红被面的故事。许多个夜深人静的时候，外婆颤抖着手从箱子底层取出那床红被面，在灯下细细端详，轻轻抚摸，轻声细语仿佛在向另一个世界呢喃着什么，那神情如捧着一个几世单传的婴儿。墙上镜框里，年轻英俊的外公永远深情地注视着外婆。懵懂的我始终以为外婆和我一样喜欢那鲜艳的红色。

走进花季，年轻的我渴望有份至真至纯的爱作今生无怨无悔的选择，也渐渐读懂外婆手捧红被面的深情。那份红红的回忆如外婆心中陈酿的女儿红，在岁月的河里泛起圈圈涟漪，外婆的青春和美丽随着一波波荡开去。

　　60多年前的动荡岁月，打着太阳旗的日本人像蝗虫一样踏上了中国的土地。年轻美丽的外婆悄悄离开富裕的家庭，与刚刚大学毕业的外公来到这个偏远的小镇。在同学的祝福声中喜结连理，外公用仅有的一点积蓄买回她们唯一的新婚礼物——一床红被面，如丝般柔滑的缎面，心一样的红色里印着龙凤呈祥的图案。婚后的日子里，外公教外婆识字，还常有一些进步青年到他们家里来，吹笛子、拉二胡，琴声悠扬。琴瑟之余讨论时局变幻、国家安危和组织工作情况，一群年轻人在深山里播种着红色的希望。

　　走过硝烟弥漫的抗战岁月，外婆总是很小心地收藏着那床红被面。30多年过去了，一场政治风暴席卷了全国，曾经为中国革命出生入死的先驱成了"右派"。仪表堂堂的外公被剃成阴阳头，挂上牌子屈辱接受批斗后，又被送到很远的一个农场去接受改造。身体的摧残和内心积郁，让外公已罹患肝癌。外婆悉心照料，百般劝慰。不堪羞辱和疾病折磨的外公不愿再拖累家人，想到了结束生命，临行前将一盆滚烫的开水泼到自己脚上。狂热的年代，这样的自残没能唤醒那些武斗派的良知。望着日渐憔悴的外公，外婆无声泪流，她取出珍藏已久的红被面，悄悄放进外公随身携带的行李中。一年后，外公病死农场的消息传来，红被面是外公贪恋资产阶级生活，没有正确划分阶级界限的物证。十年浩劫，阴云散尽的时候，红被面又回到外婆手中。经过这场风雨洗礼，红被面的颜色已不如从前鲜艳了，外婆却越发珍爱地收藏了。

　　历经半个世纪的风风雨雨，红被面的颜色渐渐淡去，在灯下瘦瘦的思念里，外婆乌黑的青丝已由花白变为全白。那年春天，孤单的外婆在我们家小住一阵后，就念叨着要回到当年她和外公一起避难的小山村去。我随她回到阔别已久的故乡。刚进村口，就见舅舅家新建楼房的窗前挂着很醒目的一方红色。外婆径直走到窗前，站了许久。"妈，我们家房子刚做起，昨天小华女朋友来过门，就把您这床红被面拿出来当窗帘用了。"舅舅说话的声音怯怯的。第二天，外婆托人从街上带回几幅金色丝绒窗帘。"我们胡家第三代人也快成亲了，这是我的一份心意，红被面还是换下来留着我用吧！"外婆轻轻抚摸着我的长发，我意会着如童年时搬过小椅，坐到镜前。外婆用长满老茧的手将我的披肩长发扎成两根五股长辫，"我年轻的时候，也是和你一样，梳两根又黑又长的辫子，常和你外公一起去县里开会……我老了！"外婆混浊的双眼里流下两行清凉的泪。

　　有一天我盘起长发，披一袭婚纱与生命中的唯一携手走进婚姻殿堂，外婆再一次给我讲起了红被面的故事。

忆先林

先林离世已有 7 年。

我的同学，但不同班，因为友情走近，他是我信赖和安全的朋友。

他的离世，第一次让我感到生命的沉重。7 年前，我在银行做秘书，工作忙碌紧张。正月十五下午，接到大方同学的电话，告诉我先林去世了。"你说什么？"我不相信自己的耳朵。"是的，先林过世了，春节后发病，在宜昌中心医院。"一向活泼热情的大方语气低沉。放下电话，我呆呆坐在那里，眼前浮现出他生前的点点滴滴，那样鲜活的生命，怎么说走就走了呢？他还那么年轻，两年多前刚刚初为人父。此时的我，也是一个 3 岁孩子的母亲。他的离去，我失去了一位真诚的朋友，他的妻儿，将面临怎样的生活？整整一个下午，心情沉重。

熬到下班时刻，我和另外几个同学奔赴他在高坝洲乡下的老家。哀乐、冥灯、火纸、花圈，他年迈的父母和年轻的妻子低低啜泣，白发人送黑发人，情景凄凉。先林黑漆漆的棺材，安放在屋外临时搭起的棚子里，他年幼的儿子，披着孝衣，被人牵护着，对鞭炮声响充满好奇，用力往屋外拽。我抱起他，他告诉我："爸爸躺在那个黑盒子里睡觉。"我的泪忍不住就下来了。年幼的孩子，不知道世界上这个很爱自己的人已经永远离开了。春节还没过完，天气阴沉寒冷，我们围坐在他家的火塘边，加完柴后火苗突然蹿起很高，又很快熄下去了，只留下一些红色的火星。先林的生命是这样短暂，我们都很沉默。

同学时他在我隔壁的班上，认识，从没讲过话，只记得个子不高，脸圆圆的，头发向上蓬松，常穿校服。真正熟悉是参加工作后不久，一起参加了一个同学的婚礼，之后几个同学常聚，就和他有了一些接触。热闹的人群中，先林话不多，大家高兴时，他就哈哈、呵呵，笑声爽朗，有点憨厚的样子。尤其喝过小酒后，满面通红，我和闺密私下叫他"艳阳天"，他也不气不恼，还是很爽朗地呵呵。

渐渐地，聚会的激情散去，有同学去了外地，有同学恋爱，大家很少碰面了。先林和我依然保持联系，因为我们都在参加会计专业的自学考试。这个考试，完全没有辅导，不下点苦功夫不行。那个年代，学习的风气比较浓厚。先林当时在港务局当会计，自学很刻苦，我遇上高等数学二、财务管理、成本核算等难题，就请教他，他在书上密密麻麻做满记号，习题也演练了不少，总是耐心解答。考试前夕，他还根据考纲自己押一下题，在电话上与我交流，并问询我考试的行程安排。每年四月和十月最后一个周末，我们都要到宜昌赶考。那时长江大桥没修通，需要在红花转车坐船过渡，很不方便。周五下班后他约我同行，总是提前买好车票，主动帮我拎着行李。等我们到达宜昌，常常就是晚上八九点。我对宜昌不熟悉，方向感也差，拿着准考证，不知道考试地点在何方，先林总是笑呵呵地劝我不急，打的带我找到考试地点，等我在附近宾馆住下后，离开，去找寻自己的考试位置，第二天考完后再过来接我一起回宜都。几年后，我们都顺利修完学业。他说刚好参加工作4年了，顺便把会计师职称也考了，很快说到做到了。

我心安理得地接受着他的帮助。因为当时他知道我心有所属，等待的人比较远。家在外地，我住在单位办公楼上，一间小小的单身宿舍。关在屋里等待和自学考试复习，是我业余生活的主题，先林每隔一段时间过来坐坐，通常是周末。遇上我的闺密也在，就热情地请我们吃饭。那阵子，我和闺密迷上了跳舞，每个周末她从外地过来陪我一晚，第二天再赴宜昌与男友约会。周五晚上，我们精心梳妆打扮，守着开门营业时间奔赴华都、旋台、馨宫等几个大众性舞厅，快三、伦巴、探戈，在舞池中旋转我们飞扬的青春。遇先林约请，两个一门心思去跳舞的家伙也不拒绝，有时怕菜上慢了，误了舞会时间，就让先林不停催促服务员，快点上菜。他还是呵呵笑着说不急，待会儿我骑摩托车送你们去，保证不迟到。吃过晚饭，果然照办，买票，将我们送进舞厅，挑选饮料和我们爱吃的零食，抢着买单。他不会跳舞，总是安静坐在那儿，默默添茶倒水，看我们不停被邀请。等到晚上十点，萨克斯乐曲响起，舞厅灯光渐渐暗下来，至全黑。羞涩的先林走到我面前，低声说，我请你跳个舞吧。我斜倚在椅子上，挥挥手，"我累了，让我休息会儿吧！"头也不抬，自顾自喝饮料。闺密热情地伸过手，说，"先林，来，我们跳一曲！"很快他们就返回座位了。原来滑进舞池后，我那个鬼马的闺密突然用一本正经的腔调说："同志，我们之间是不是要抱一个气球？"先林不解问为什么，她诡秘地说："这可是属于情人的暧昧时间哦！"随后咯咯笑个不停。尴尬的先林呵呵笑过两声后回到座位，因为这段插曲，我们三个相视大笑。当舞厅灯光渐渐明亮后，我看到先林的脸红红的。他依旧约请我们，只是每次送进舞厅后，就问一声"要不要陪呢？"他不会，不学，我们也不忍他干等，就扬扬手说，"你可以离开了！"他安排好饮料，默默离去。现在想起，我为自己年轻时的骄纵无礼而自责，只是阴阳相隔，他永远不会知道了。

　　青春岁月的一段时间在等待中度过，直到等待的人彻底走出我的视线。我关在屋子里，黯然垂泪。一次先林过来，我没能掩饰住泪痕。他递过纸巾，给我倒了杯水，转身，默默离开了。以后常过来，带着他最好的哥们儿，三个人轻松聊着天，偶尔被他们的幽默逗笑。从他朋友的口中，我知道先林单位的效益很不好了，他不再做财务，改去跑销售，还自己做些生意。在家乡收购柑橘，运到山西，出手，再拖煤回来。长期在外风餐露宿，又不修边幅，形象不够光鲜，我不再称他"艳阳天"，改叫"煤贩子"了，他还是呵呵。听说他倒腾生意赚了些钱，就在街上买了地皮，和他哥哥一起建了幢五层楼的楼房。那时我在机关工作，稳定清闲，也没有财富的概念，体会不到他的艰辛和忧虑。与他交往几年，一直未见他恋爱，我张罗着要给他介绍，他总是呵呵一笑，说："忙！"就离开了。

后来我有了情感的归宿，先林也在我的生活中渐渐消失了。大半年后，我们在街上遇见，他的摩托车擦肩而过，停下，转过头来，取下头盔，我们互问近况。得知他有女朋友了，我嚷着要他请客，见见，他很爽快就答应了。我带着准老公欣然前往，见到了他女朋友即后来的妻——谨，素颜，美丽，清秀。得知谨在离我住处不远的地方开了家服装店，有空就常到那里坐坐。或许是对世纪婚礼的期待，那一年我们相继走进婚姻。不久后我怀孕了，挺着肚子散步，走累了习惯到他们店里歇坐，挑选宽松的衣服。先林有时给妻送饭，有时帮忙打理店铺生意。夫妻俩善良朴实，谨细致给我挑选搭配，往往只收个成本价。

不久后听说先林住院了，还是传染性很强的乙肝。我在服装店见到谨，她也怀孕了，愁眉苦脸的。先林住院，可她因为怀孕，不能陪护，更担心腹中胎儿是否健康。我和另外一个同学决定前去探望。到达医院后，医生再三叮嘱我是孕妇，不能在病房中久留。见到我们他很高兴，一会儿就不近情理了，催促我们离开。幸好，他不久后康复出院了，孩子也健康。儿子出生后，他给起名"子康"。不承想两年以后，病魔还是夺走了先林年轻的生命。

这年春天，我离开宜都，举家迁到宜昌。由于本不是宜都人，就很少回去，对那边的人和事也淡了。在一个陌生的城市里扎根，生活忙忙碌碌。去年，大方突然在群里倡议清明踏青祭先林。我的心情久久不能平静，马上与大方联系，然而由于那天刚好要在武汉参加一个人生中非常重要的考试，没能成行。

几天前有朋友提及已逝的先林，我的内心再次被触动。青春不再了，突然有些怀旧，听水木年华《一生有你》，"多少人曾爱慕你年轻的容颜，可是谁能承受岁月无情的变迁，多少人曾在你生命中来了又还，可知你曾陪在我的身边"，想起先林，这个善良朴实的朋友，对他的回忆，永远停留在了年轻时的样子。

　　先林坟上的草，青了又黄，黄了又青，再回宜都，该去看看他的妻儿。

隐于市

　　年前，办公再迁址，暂栖北门外正街。想这五年四迁，人虽流离，然心中尘埃已落，但觉风过群山，花飞满天，内心安宁明净却又饱满。闲赋，杂侃，以记之，独乐乐。

　　进一中巷，入东正街；开锁修鞋，玻璃五金；市井俚语，林林总总；一楼雅斯，二楼车间，三楼四衙格子间；隔壁文联书香，转角环保明亮，曲径通幽向征收；居斗室忧国计民生，箱盒不启笔下万言；谋普查思国策数据监测，党宣纪检财务调研杂杂；器物暂寄他处，办公桌椅自拆装。能抡锤，常骑行，携单反，文本行。车流逶迤，日行二时，披星戴月，乳儿唤归。

　　身兼二秘，愧不敢当；幸有恩师，指点扶携；以勤补拙，自此不懈；谋一专著，一池青砚；昼夜打磨，累及不起；熔炉岁月，德高望重；孺子牛者，品犹可鉴；邓琴牡丹，寒门书香；槐花轻飘，珠润玉盘；人生历历，纸笺云烟。偶意丹青，落墨山水；闲时涂鸦，临习碑帖；黑白本色，技不见长。

　　姐妹相约，滨江长堤；追忆寄思，似水流年；邮政旧巷，回眸浅笑；东山红叶，乌发倾泻；晨曦余晖，岁月如歌；晓宇精灵，含颦娇嗔；聪慧朵儿，瓷质肌肤；温婉圆融，如沐春风；晴姿飒爽，果敢大气；玲珑端庄，名媛风范；素水清流，人美窒息；姐妹情谊，弥足珍贵。美人如诗，诗无邪会；梅兰旗袍，款款诗经；鹿鸣一曲，愿人长久；琴棋书画，绰绰风华；如花美眷，醉在红尘。

三年考级，未有中秋；国庆佳节，通宵达旦；每年两月，足不出户；烂书九本，习题千余；不忘初心，为得专攻；再思一本，闲云野鹤；晨六晚九，严寒酷暑；科一满满，科二泪流；科三黑透，科四添翼；终得一本，夫车相送；风驰电掣，好不惬意；一时疏忽，用力踏错；刹车油门，不滞如梭；车身凹凸，为我心痛；虽已认错，终不可谅；钥为夫藏，本为夫扣；白色马马，几成文物。悲！

日出江花红胜火

万里长江挟一身豪气奔涌而来，在此邂逅了清江的妩媚与浪漫。

一座红亭，矗立江岸。近旁有古老的碑石，镌刻着"宜都"二字，恢宏大气而朗畅疏秀。它的身后，是一座根植于三国古郡，日益繁华的城市。几千年前，江汉平原上空的那轮明月在静静流淌的河水中，倒映出"山随平野尽，江入大荒流"的惊叹。几千年后，月亮还是那个月亮，但清江长江的湍急波流早把那个惊叹变成了问号。巴风楚韵，孕育了两江之滨一群弄潮的英雄儿女，今天的宜都，综合实力跻身全国百强。走进宜都，一睹那搏击激流的壮丽画卷，有多少不舍昼夜的奋力拼搏，成就了今天笑傲荆楚的豪迈！伫立江边，仰望朗照古今之月，禁不住千年一叹："逝者如斯夫！"

三国时期，吴国将领陆逊屯兵于此，筑土城为营垒。夷陵之战，火烧连营七百里，吴军大败蜀军于猇亭，刘备逃奔白帝城。陆逊因此名震三国，宜都郡的"夷道战"遂改为"陆逊城"，陆城由此得名。上控巴蜀，下引荆襄，地处要塞，商贾繁华，宜都一度水上桅樯林立，陆路商旅不绝，盛况空前。

晋入南朝，至隋唐宋元明清，隔着千年的距离，把宜都的过往静静遥想。陆逊将军的雕像犹在，此处已是人声鼎沸的广场；于守敬故居处觅一份幽静，攀缘青石台阶，注目黑漆匾牌，先生苦心孤诣著《水经注疏》，节衣缩食集海内孤本逾万卷献国家，唯有敬仰；文峰园内，文笔塔直指云霄，"三支倒笔写青天，雁作字行云作笺"，绚丽风光与浩然灵气迎面而来；清水湾山峦叠翠，天龙湾人文荟萃，宋山檀香扑鼻、松涛声声，梁山梵音袅袅，古潮音洞与奥陶纪石林中追寻亿年时光，把历史的足音叩响。浅显的抚触不及城内 20 年的生活记忆深切。年少时喜爱在红亭处散步，母校离它不过百米之遥。夕阳西下，沿着江滩漫步，江水半绿半黄，在"一道残阳铺水中，半江瑟瑟半江红"的诗情画意中，眺望孤帆远影，遥想远去的鼓角吹寒、战马嘶鸣，心境坦然开阔。隔岸的防护林隐成一道绿色的屏障，天边那广袤的原野和飘着炊烟的村庄，都沐浴在夕阳和晚霞的余晖中，洒上一层金光。

斗转星移，合江红亭历经风吹雨打，巍然矗立，见证了这座城的兴衰。如我对这座古城的眷恋，已深深融入了血液，渗进了骨髓。它是我生命中的故乡，从年少时求学，到后来参加工作、恋爱、结婚、生子，我在这里度过了人生最美的青春岁月。多年前的寒冬，周末，一群年轻的朋友，背着吉他，拎着录音机和炊具，骑自行车前往宋山野炊。大家在空旷的平地上围着火堆烧烤食物，唱歌聊天；炎夏，下班后，我们驱车一小时，去聂河的岩洞中吃鱼，暑气全消。回来的路上，只有月色如水，虫鸣啾啾，风送稻花香，一群人，弃了车，站在荒郊野外看月亮。楠木岭、西正街、向家巷，冬日午后，沿着街边商铺闲逛，收获的不仅是林林总总的衣物和饰品，还有美滋滋的心情。周末，与闺密相约璇台、馨宫，忽明忽暗的灯光下，快三、伦巴、恰恰，飞扬的裙裾尽情旋转我们绽放的青春。

站在他乡看故乡，人生变迁与世事过往，犹如山水习作，素胚勾勒山水轮廓，人生历程，再以浓墨重彩渲染人生的丰富和多彩，至画作完成，则超然物外，返璞归真，还原黑白本色。我搜寻的，只是记忆的碎片，这浓墨重彩的篇章，是两江之滨宜都日新月异的变化，是全国百强县市奏响的时代强音。

《见证宜都百强县》，一页页翻看，各级领导对宜都冲刺全国百强县市所寄予的厚望，过去那些熟悉的同事，为之付出的艰辛努力，都让我深深感动。如人生的潮起潮落，10多年前，因为工作需要，我和同事走进亏损企业困难职工家中，一幕幕的情景难以忘怀。那时国有、集体经济处于退潮阶段，在湖北省内享有盛誉的宜都五小工业举步维艰，不少企业停产半停产。在亏损企业职工贫寒的家中，感受着生计的沉重与无奈，他们的眼泪与哀怨，深深刺痛了我们的心。很快，这些情况发生了变化。宜都以壮士断腕的决心迈开了改革的步伐。2002年，民营企业东阳光在宜都投资1.2亿元建厂，成为了当年宜昌市招商引资成功的典范。栽得好梧桐，引得凤凰栖。客商慕名而来，扎根这片宜居、宜业的热土，一个个企业起死回生，焕发蓬勃生机和活力。2006年，宜都首次提出全国百强县市的目标，2009年，宜都综合经济实力跃居全省首位，但离全国百强的距离依然遥远。宜都市统计局马局长叩问《宜都离全国百强县还有多远》，深入分析与百强县的差距和希望。圆梦百强，重在行动。这些年，宜都迈着坚实的步伐，行走在跨越赶超的路上，仅用8年时间，实现了冲刺全国百强的梦想。

这一刻，我在喧闹的人群中，抑制不住内心的喜悦。这一晚，我在异地他乡辗转难眠，将纷繁的思绪诉诸笔端，唯愿宜都的未来，繁花似锦！

闲适·风情·商业街

——长江市场的秋日之行与温暖印象

如果说，玛歌庄园的凭栏临风、一窗美景予人以幸福生活的遐想，那么，汇集四海客商的长江市场却承载着更多的创业梦想。在车水马龙、人头攒动的商业氛围里，信誉至上、物美价廉的经营理念缔造着财富与成功。安居、乐业，今天当我置身于黄柏河畔的一湾闲适与繁华中，终于领略了这个词汇的鲜活与生动。

这个秋日的午后，我沿着黄柏河畔行走，如徜徉在一个风景优美的北欧小镇，依山傍水、临河而建的成片楼宇展开一幅水墨的画卷，再也找不回昔日狭沟荒岭的印象。忘却了时间，徐步前行，清幽的街道叩响清晰的足音，尽情感受着闲适和慵懒。无石山庄、玛歌庄园、梅珑镇，处处写意着山水的灵韵，我想象着居住在这里的人们生活是多么的安然，心中平添了一份向往。

当我沿着街边林立的商铺走进它的腹地——长江批发市场，惊觉美丽的小镇如一个外表娴静的女子，揭开神秘的面纱，内心是这般的火热与风情。琳琅满目的服装、精致的工艺礼品、璀璨的灯饰、温馨的家居生活用品，各类品牌电器、家具，让人目不暇接。30 余条繁华的商业街道，风格迥异，在市场内阡陌纵横，井然有序地展开。我如一尾鱼，游弋进了海洋深处，在繁星闪烁的灯具市场流连忘返。无论是晶莹剔透的水晶灯、古朴高贵的铜灯，还是简洁雅致的羊皮灯，每一款都让人爱不释手。这是一家名为志华的灯具专卖店，50多平方米的店面在各类灯饰的装扮下梦幻富有情调，店老板耐心向我介绍着每一款灯具的性能和价位，笑容像灯光一样地温暖。见我犹豫不决的样子，她温和地说："没关系，这边还有很多家，你可以多比比、多看看，灯具这样的装饰品还是要选择自己中意的款式。"已试过好几盏了，我有些难为情，目光锁定在两款心仪的水晶灯上，带着忐忑不安的心情问她可否再优惠些。此前我已逛过多家灯具市场，看中的这类灯饰都因为价格不菲而忍痛割爱。没想到她很直爽地说："我们这儿是批发市场，价格都比较低"，终于报出了我心中理想的价位，可只身前来，这虽美但易碎的物品着实让我犯难了，她似乎看出了我的心思，告诉我可以送货上门，一番商议后，她主动开具发票和信誉卡，并仔细帮我打点包装送到车上。

如今这两款造型别致的顶灯已在我的新居里熠熠生辉，每当我在黑夜里晚归，远远地，家的窗口透出温馨的黄色灯光，让心中倍感温暖，我就会想起店老板灯光般温暖的笑容。

从雅台明月开启寻根之旅

尔雅注书，我们可以在翰墨经卷中回望历史，千古明月，却抹不去大南门下的一段乡愁。

老街，是一条时光隧道，它隐藏在鳞次栉比的高楼背后，古朴、恬淡，还有些败落。灰黑色的墙，光滑的青石板或高低不平的路，弄堂狭窄，引领我们走向可以抚触的历史印记。这里有阳光照不到的青苔，墙角燃起的小煤炉，门楣上一方牌匾。走进它的深处，曾经的朱门宅第，已不复往日气派，成为寻常人家遮风挡雨的居所，当年的飞檐翘角，古朴典雅依稀可辨。尔雅街，又名锁堂街，这里曾有嘉靖进士刘一儒的府邸。刘一儒淡泊名利，家若寒索，与当朝宰相张居正联姻，锁堂成趣，备受尊重。明末，张居正推行"一条鞭"法，触及权贵，遭恨，病卒后被撤销谥号，革官去禄，家门抄斩，姻亲刘一儒因清廉名声不降反升。风流总被雨打风吹去，时光过去了几百年，朱门不再，古街也换了新颜，只留下一段历史，任世人评说。不远处有古迹尔雅台，晋代文学家郭璞曾流寓至此，编撰第一部辞书《尔雅注》，解释先秦古籍中许多古词古义，成为儒生们读经、通经的工具书。尔雅台前石砌月亮池，雅台明月成为宜昌八景之一，浸润出浓浓的书香氛围。毗邻的中书街和墨池书院，历来为名流之士的居所。明朝中书王璲在此立中书坊，明朝吏部左侍郎卫篆，清朝大书法家顾槐、顾家衡，现代书法家蔡静安、姜祚正，都曾定居于此。宜昌的诗书风流聚此一巷。

璞宝街、尚书巷、尔雅台，今天我在这里穿行，脚步很轻，怕哪个门庭突然洞开，走出一位白发长髯的老者，要把宜昌几千年来的历史一一道来。宜昌寓意宜于昌盛，远古属西陵部落，夏商时为古荆州之域，春秋战国时为楚国的西塞要地，建有城邑，以后为历代郡、县、州、府的治所。1876 年被辟为通商口岸，码头兴盛，商贾繁华。遥望江流东去、俯看黛瓦街市。东山图画、西塞晚霞、赤矶钓艇、黄牛棹歌、三游雨霁、五陇烟收、雅台明月、灵洞仙湫——宜昌八景引得陆游、欧阳修、苏轼、白居易等众多文人吟咏。大江环流、碧瓦飞甍、小桥流水，我们可以遥想，生活在这里的人们曾是多么祥和安宁、诗情画意。在钢筋水泥的都市丛林里，又是多么羡慕古人那份闲适恬淡的情怀。这样的盛景终止在 1938 年，明朝的古老城墙挡不住日寇的铁蹄践踏，在纷飞炮火中化为残壁断垣。城门下军队列阵走过，惊慌失措的逃难人群为避战乱背井离乡，天涯相隔。经过兵荒马乱的洗礼，只留下孤零零的城门——大南门，静静诉说着百年兴衰荣辱。

这是一段不堪回首的历史。家国命运、悲欢离合，一座温润如玉的滨江小城，满目疮痍。江上涛声依旧，宜昌八景或毁于战火，或被人为拆迁，难觅踪迹。经过半个多世纪的复兴修建，一座现代化的都市在长江之滨熠熠生辉，将"宜于昌盛"演绎得更加贴切，内心也充满隐忧。新与旧的激烈冲突似乎是城市建设难逃的宿命，当拆迁公告贴上古民居的灰白墙壁，高楼大厦的阳刚壮美正覆盖淹没着古建筑的灵巧精秀，城区历史文化，在拆迁大潮中逐渐消失，就连这些浸润着诗意的街巷，也在渐渐离我们远去。

西陵是宜昌城市发展的源头，城市文脉所在。中华民族始祖黄帝的正妃嫘祖在西陵养蚕缫丝，晋代文学家郭璞在西陵完成我国第一部辞书《尔雅注》。西陵区炎黄文化研究会致力于对传统文化的传承、发掘和保护，为辖区热心研究和弘扬炎黄文化的专家、学者、企业家及社会知名人士搭建交流沟通的平台。能成为其中一员，并尽力为协会做些力所能及的服务工作，我既深感荣幸，又惶恐不安。西陵区人杰地灵，有一批成果丰硕，享有崇高声誉的专家、学者和艺术家，炎黄文化博大精深，怕自己才疏学浅，面对长者，面对这样一个学术性社团组织，只能高山仰止。而内心对传统文化和艺术的热爱，又想好好珍惜难得的学习机会。像一个蹒跚学步的孩童，突然置身在陌生的领域，以一颗探索的心一路牵扶跌撞前行。

猎杀自己，到内心深处去旅行。这是一条漫长的路，我们在光阴的故事中聆听远古的足音，在墨色古香的文字中拾掇一粒粒散落的珍珠。勤于耕读，让生命不再只是一个过程，还有它广阔的外延与深度。素朴一陶，悲秋燕赵；瓦砾之中，衍生繁花；雅台明月，别去经年；水墨青花，陶然于心。这样的人生旅程，不仅有了一路风景，还有看风景的心情。

第三辑

纸落云烟

熔炉岁月的赤子情怀

——访首任西陵区委书记韦有竹

编者按： 她是原新四军政委郑位三身边的女兵、湖北革命大学第二期学员，中共西陵区委首任书记。历经解放战争、建国创业、改革弄潮的艰苦岁月。她的传奇人生穿越 60 多年时空，在熔炉岁月中跳动着一颗火热的心。

1930 年，韦有竹出生在山东日照沂蒙山老区。她在家中排行老四，下面还有两个弟弟，革命战争中都相继离开老家。18 岁那年，她在山东临沂参军入伍。1949 年 8 月，她所工作的大众报社电台领导贾泽民被调到原新四军，给政委郑位三当秘书，机敏能干的韦有竹一并被调到郑位三身边工作。

1949 年 9 月，郑政委赴北京出席中国人民政治协商会议第一届全体会议。新中国成立后回湖北休养。韦有竹与警卫员陈义炳随行到达湖北，在首长和战友们的关心下，韦有竹与陈义炳结为伉俪。郑位三历任新四军政委、中共中央中原局代理书记、中原军区政委、第二至四届全国政协常委、中共第七、八届中央委员。在革命战争时期和新中国社会主义建设中立下汗马功劳。他的品质深深影响着韦有竹夫妇。

1951 年，韦有竹被保送到湖北革大学习。学校位于武昌都府堤，原省女高职旧址，残壁断垣的废旧教舍经简单修缮后就投入使用了，条件非常艰苦。没有大课堂，上大课在广场上，每人自带草编的蒲团作垫，双膝代替课桌记笔记。以废砖砌脚，再搁上一块木板就变成了会议桌或床铺。对解放前参加工作的学员，均为供给制，每月发放几元钱津贴，一斤肉，女学员外加一点草纸钱。校服先是军装，后是灰色棉布。为了缓解供给紧张，革大给各部各班分配生产基地，学员在学习之余参加劳动生产，既受到了劳动锻炼又改善了生活，学校还经常开展生动活泼的文体活动。这位从老区走出的山东妹子，劳动积极，从来不甘人后。然而，由于文化基础薄弱，她曾想退学改学其他专业。郑位三夫妇知道她的思想状况后，亲自到学校看望她并送来棉衣，鼓励她好好学习。从此，她消除了"打退堂鼓"的思想，如饥似渴地学习文化科学知识，经常主动向基础好的同学学习。她努力掌握好的学习方法：一是全神贯注地在课堂上听讲，课前搞好预习，课后做好作业，对于弄不懂的问题虚心请教。功夫不负有心人，湖北革大毕业时她被学校评为学习标兵。

60多年过去了，这位思路清晰白发老人操家乡山东口音的普通话，向我们讲述当年的学习情景，点点滴滴，记忆犹新。她那专注的眼神，依然能看到少女时代的美丽，那是风华正茂的青春岁月啊。新中国百废待兴，韦有竹等湖北革大毕业的707名学员被分配到宜昌工作，他们以满腔的革命热情，在物质匮乏的年代里，从湖北革大"充电"后扬帆起航，走向了各自的工作岗位。

经过革命战争洗礼和湖北革大接受热爱共产党、热爱新中国教育后，韦有竹全身心投入了社会主义革命和社会主义建设之中。先是在黄陂参加土改工作，其间光荣入党，被评为县土改工作模范。之后，进入公安学校学习。1960年，韦有竹随丈夫陈义炳由宜都调至宜昌市公安局政治处工作，继而调任东方红公社妇联主任。从公社到西陵街道办事处，直至西陵建区的20多年里，她带领公社、街道、区委一班人，改造辖区90余条街巷泥泞路，兴建培育一批企业。经过几届区领导班子努力，西陵工业由过去产值不足亿元、利润总额仅300万元的几个小作坊发展成年产值达数十亿元的几十家企业。2012 年，全区生产总值达 340 亿元，财政总收入 18 亿元。在西陵区，无论是当年与她一起共事创业的离退休干部，还是老街小巷中的街坊邻居，提到这位"铁娘子"韦书记，都会交口称赞。

1976 年，韦有竹任西陵街办主任。当时的情景，真可谓一穷二白。整个街办只有 16 个编制，包括 1 名勤杂工，下面有一个劳管站和几个作坊式的小厂。在那政企不分的年代，政府作为父母官是事无巨细，吃、喝、拉、撒、住、行等大事小事都要管。时下，北门（现三中）到土街头是一条土路，行人晴天一身灰，雨天一身泥。为改变辖区落后的面貌，韦有竹欲改造这条小路，让它不再有"土"。时值兴建葛洲坝水利工程，大批建设者携家带口，从全国各地来到宜昌，许多家属一时难于就业。三三〇工程局的主要领导是她昔日的战友，希望能解决这些家属的工作问题。双方借船出海，借梯上楼，通过协商：三三〇出资 100 万元，西陵兴建三个企业，即宜昌市第二服装厂、宜昌市绣花鞋厂、宜昌市抽纱厂。随即解决了 800 名三三〇工程局家属的就业问题。三三〇工程局的领导十分感激，了解她们修路缺人缺资金的情况后，对工程给予大力支持。一车车沙石、水泥从仓库、河滩运到道路施工现场。有了人财物的大力支持，韦有竹带领机关干部和家属们挥锹铲土，不分昼夜奋战在工地上，未花市财政一分钱，仅用 10 多天时间就铺好了这条路。人群中她不仅是领导者、指挥者，更是身先士卒的榜样，重活累活抢着干，挖锹、运土，一样也不输给男同志。

1984 年兴建西楚饭店（今铁路坝沙龙宴酒店），她一连数日"泡"在工地上，与群众一起搭木梯，下基坑挖基脚，浑身淌满泥水。她的魄力，不仅体现在务实高效的工作作风上，更有一位女性领导特有的细致敏锐。兴建西楚饭店的施工和运输设备都是租用，为节省时间，加快工期，使饭店在当年"十一"开业，基建工程进行了三天大会战。当时全区干部职工，包括居委会工作人员，都被派往工地。安排下基坑的，多是男同志，她也在这个人群中。挖锹铲土时，她发现基坑内积水很深，墙体浸泡后很容易倒塌。由于已经连续奋战几个昼夜，大家都在疲倦作业抢工期，谁也没有意识到危险正在逼近。这位"老公安"感觉情况不妙，果断命令大家出坑休息，有序地将几十名施工人员撤离坑道。不出所料，几分钟后墙体轰然坍塌，无一伤亡。此后她紧绷安全之弦，事事操劳。之后筹建肥皂厂，利用废弃的防空洞建贮油仓库，由于洞很深，空气稀薄极易缺氧。她安排施工员夜晚将换气扇打开，鼓风换气。夜晚换气扇掉落，两名女性值班人员由于力气单薄，未修复。第二天清晨，韦有竹要去市里参加一个会议前，绕道前去查看肥皂厂施工现场。刚进工地就听见许多人在哭泣。因洞内缺氧，机关干部王少清和另一名施工员晕倒在洞。韦有竹立即命令两名年轻人身系绳子，开启升降机下洞将两人救出洞外。王少清被抬出送往医院时已瞳孔放大，经紧急抢救一天一夜方才苏醒。

韦有竹任街道主任和书记时，她的爱人陈义炳时任宜昌市副市长。由于她经常早出晚归，家务事基本落在工作同样忙碌的丈夫头上。兴建西楚饭店那阵子，她没日没夜地泡在工地上，孩子们有时半个月难见母亲。一天，她的小儿子在中书街宿舍前遇上王少清，好奇地问："王叔叔，我妈每天都回来好晚，好久没见到她了！"王少清亲切抚摸着小家伙的头，说："孩子，你妈这阵子在西楚饭店蹲点呢！"在西陵的发展建设中，她不知疲倦地与时间赛跑，计划两个月工期的西楚饭店奠基工程，仅用半个多月就完成了。当年"十一"，这座略低于宜昌剧场的全城第二高楼竣工营业。

作为一个母亲，她亏欠儿女太多，却像呵护自己的孩子一样，培育、壮大、发展了一批企业。1978年十一届三中全会后，党和国家的工作重心转移到经济建设上来。遇上改革春风，她的干劲更足了。然而，当时街道工业基础差，政策也不宽松。好不容易研发出一个像样的产品，办好一个成型的工厂，马上就被上级主管部门"没收了"。她仍坚持办了交，交了再办的锲而不舍精神。一次，市委书记张建到全国文明大院廖家台检查工作，看见小巷路平、墙白的优美环境，问道："创建花了很多钱吧？资金从哪里来？"韦有竹告之是从街道盈利企业的利润中挤出来的。这件事让张建书记感触很深，他在全市街道工作专题会议中，以廖家台文明创建为例，阐述支持街办发展经济的意义，决定宜昌市不再收管街道企业。

1982 年，西陵区欲利用外资引进快餐食品生产线。这在当时还不太开放的宜昌，让人难以想象。街道都是作坊式的企业，有人讥讽这是想吃天鹅肉，断言要吃大亏。而她看准的事情，要一干到底。在市委、市政府及有关部门的支持下，当年与外商签订引进价值 30 多万美元的快餐面生产线合同。为落实这 30 多万美金外汇和配套厂房，以及 65 万元设备贷款，她不知跑了多少趟银行。面对这样一笔巨额外汇贷款，几家银行都持审慎态度。后来，中国银行喻行长被她锲而不舍的精神感动，从北京亲自来西陵考察还贷能力。韦有竹提出以西陵街办所有企业资产抵押，按期还贷，给喻行长吃下定心丸，解决了 30 万美金外汇款贷款。然而，65 万元的厂房设备仍是借贷无门，合同交款期一天天临近。她决定将刚刚落成的机关宿舍楼卖掉。有人担心卖楼会失去民心，她的决定却得到了干部职工的理解。卖掉新楼及时筹集了资金，为背水一战赢得了宝贵的时间。在厂房进入紧张的施工阶段期间，因种种原因曾被主管部门下令停工，经分管城建工作的副市长现场调研后才同意复工。为了把耽误的时间抢回来，韦有竹把办公室搬到工地，经过 40 多个日日夜夜奋战，如期建好厂房。在设备安装过程中，韦有竹充分发挥她拥有的技术人才库优势，仅用了 15 天时间，就将日本人预计 40 天才能完成的设备安装工作全部完成，并一次试车投产。快餐面生产线投产后，只用一年多时间就还清全部贷款，3 年赚回 3 个半厂。

1983 年，中央电视台头条新闻报道韦有竹领衔西陵街道办成功办企业的经验。个中缘由包含她艰难曲折、凝聚干部职工无数的心血和汗水。让人们目睹了她的超前眼光与超人的魄力，中央电视台介绍了她对科技人才的重视，不拘一格重用人才。

她安排秘书孙茂理协管生产。该同志专业知识丰富，她遇不懂之处就虚心向秘书请教，由"门外汉"变成了"行家里手"。80 年代初，分配到街办工作的大学生、专业技术人才极少，她以委培方式，选送勤学肯钻的"苗子"到高等院校脱产培训或深造，仅上海交大就送去 4 人。西陵工艺美术公司创立之初，她以高薪、住房等优惠条件，从江浙引进绣花、编织、木雕等各类能工巧匠。原驻宜中央企业八级焊工黄师傅，技术精湛，家在外省的他因犯了错误被人歧视。韦有竹不计前嫌，以 1000 元工资待遇，引进这位人才。及时为他解决住房问题，解决妻儿来宜昌就业问题。时韦有竹的爱人陈义炳是宜昌市委常委、政法委书记兼公安局长，有人风趣地说："陈义炳的阶下囚，韦有竹的座上宾。"30 多年后的今天，回忆起这段往事，韦书记平和地说："这些人群，如果我们放弃了，他们会沉沦。感化并合理使用，使他们扬长避短，发挥一技之长，则可以获得新生。我不能因为他犯过错误，就把他当成廉价劳动力使用，而是给予应有的尊重。"黄师傅非常感念这份知遇之恩，工作兢兢业业。一次，某旅行社一辆中型客车（可能是后桥断裂）坏在路上，旅行社经理听说这个黄"八级"修车技术好，求韦书记让黄师傅帮忙。黄师傅很快电焊好了汽车后桥，而且焊路几乎看不出痕迹。对各类专业技术人才，启用绩效挂钩的方式，鼓励他们多劳多得，激发了他们的工作热情。韦有竹一班人，为了解决辖区待业、劳教释放人员和残疾人的就业问题，出台了一些"土办法"鼓励他们自食其力。当时，有单位向西陵办事处征购土地时，韦有竹一班人将征地费用置换门面等方式，扶持以上人群合办作坊、自主创业。广开就业培训渠道，让待业人员学习驾驶和烹饪等技术后自主谋业。韦有竹的用人机制与管理方式，在社会主义计划经济体制时期，是第一个"吃螃蟹"的大胆尝试，30 多年来的改革实践证明，这是强区富民的前瞻之举。

1987 年，西陵建区。1989 年，当新区工作步入正轨后，年近花甲的韦有竹从工作岗位上退下来。西陵区的干部职工没有忘记这位呕心沥血的老书记。大家心里有了疙瘩或过不去的坎，也爱找她谈谈心。她们说："您是我们的知心婆婆，有什么困惑总想给您讲讲。"

这话不无道理。从公社至街办到建区，这位"铁娘子"女书记事必躬亲，不甘人后，大到城市建设、创业兴区，小到邻里纠纷，细到工艺流程、财务人事管理，她样样通晓，有难必解。上管执行方针政策路线，下管鸡毛蒜皮琐事。哪怕平日里工作再忙，也要挤出时间，深入基层居民家中走访，详细过问她们的家庭生活情况。居民有困难向她倾诉，她总是尽力而为。

她经常敦促下属到社区蹲点，了解群众疾苦，而不能只坐在办公室里听汇报，报喜不报忧。对基层、下属的努力付出，她从不吝啬褒奖，常在大会上表扬。错误和问题也不遮不挡，批评一针见血，"打得"让人折服。退休几十年后，每当走过熟悉的街道，昔日的老街坊、老邻居见到她，都会热情招呼韦婆婆到家里做客，叨叨家常。她有一颗热情而又悲悯的心。80年代，西陵区有两个有名的"铁娘子"——宜昌市劳动模范韦有竹和西陵工业品经销公司总经理袁世钧。一次，韦有竹到袁世钧的企业检查工作，看到筛粉煤尘生产条件简陋，没有防护措施的厂区里筛粉煤尘之后，她竭力帮助该企业改良生产条件。在长期的并肩奋斗中，俩人情同姐妹。袁世钧的企业先后开办粉笔厂、油漆厂，年盈利曾达100万元。年轻时一心扑在工作上，不计个人得失，家里几个孩子挤在一套50多平方米的房子里。儿女们成年后她经历了白发人送黑发人的伤痛，还经历了子女下岗的困惑。退休后袁世钧将本不宽敞的房子让给子女住。韦有竹向市房管局陈述这位"铁娘子"功劳得失，在土街头安排了一个单间。之后的一场疾病，使这位昔日女强人卧床孤寂。韦有竹顾不得自己年岁已高，当即买了礼品，前去探望这位比亲姐妹还亲的"铁娘子"，并向工会系统为袁世钧老人争取定额困难补助，照顾这位"铁娘子"晚年饮食起居。

韦有竹这位解放前参加革命的离休干部，在物质生活十分丰富的今天，依然保持了革命战争年代艰苦朴素的生活作风。在当今车水马龙的城市里，她总是把步行作为她人生旅途的主旋律。一次她在献福路步行樵湖岭的路途中，一辆出租车在她身旁戛然而止，出租车司机恭恭敬敬请她上车。她告诉司机，自己习惯步行。司机说："您是韦书记，让我顺路带您一程吧。"送到后却怎么也不收她的车费，他说："您不认识我，可您是我的恩人，在中书街给我安排了住房，顺路带您一程这点小事算什么呢？"原来，20世纪80年代初，除大批知青返城，还有部分劳教释放人员和残疾人落户西陵辖区，都是一无工作，二无住房。韦书记对这些特困人员特别关注，及时帮他们解决了工作和住房问题。在创造性抓好工作的同时，韦有竹时刻心系干部群众的家庭与生活。努力为区直机关干部群众职工，辖区企业员工、社区工作人员解决了住房和家属就业问题。通过以情感人，干部职工心往一处想，劲往一处使，为西陵区的繁荣发展奠定了坚实基础。退休后依然情系民生，为老干部工作和关心下一代成长竭尽全力。

莫道桑榆晚，为霞尚满天。棉衣棉鞋，一把木椅，天气晴好时，老人坐在屋前的小院里，晒晒太阳，看看报纸，她仍时时关注着宜昌和西陵的发展。精神好时则散散步，与街坊们拉拉家常，她的心里总是装着社情民意，为群众排忧解难鼓与呼。

俯首甘为孺子牛

——原西陵区人大常委会主任陈义章二三事

1987夏天，陈义章同志任伍家岗区人大筹备组成员，备战正酣时，组织决定将其调任西陵区人大筹备组组长，时年47岁。在西陵区人大第一次代表大会上，当选为西陵区首任人大常委会主任，连任两届，后任顾问，工作至花甲退休。如今，年近80的陈老思维清晰，谈吐爽朗，十分关注国家形势，关心宜昌和西陵区的建设与发展，孺子牛精神令人钦佩。在此，刊载先生二三事，以记。

（一）

经历了全国解放后三年国民经济恢复调整和第一个五年计划时期；1951年全国开展"三反五反"运动，参加工会组织的"打虎工作队"，被工会表彰为积极分子。

1952年3月，参加荆江分洪南闸工程建设，时任宜昌大队六中队第十三分队长，不仅土石方爆破工程任务完成出色，还带头双筐挑土石方，劳累过度，加上天气炎热，突然鼻血流不止。在场的吴师傅用土方法及时抢救，脱离生命危险。因劳动表现积极，宜昌大队六中队十三分队获得先进集体称号，他还被表彰为先进个人。

1954 年宜昌市开展获税运动，陈义章表现突出，对私营企业资产清理核查彻底，对资本家改造监督有力。运动结束后被评为市级获税模范。

1956 年夏，陈义章担任宜昌市五金生产合作社财务理事。该社社员黄青山在上班时突发肠道炎，送市一医院急救。经检查确诊，由于一根鱼刺进入肠道并刺破肠壁，导致病人体内失血过多，需要及时手术并输血 1000 多毫升，否则有生命危险。病人是 O 型血，医院一时血源告急。陈义章立即组织全社 38 人前去抽血化验，检查结果，只有他和另外一个同事是 O 型血。救人要紧，陈义章二话不说，卷起袖管，让从自己身上抽血，要多少抽多少。新鲜的血液一点点输入病人的身体，同事得救了，而他因一次性献血过多，晕倒在手术台上。经过一段时间的调养，才逐渐康复。

无论在哪个岗位上，他都做到了干一行，钻一行，爱一行，不仅劳动积极不甘人后，生活中也乐于助人，因此收获了沉甸甸的荣誉和奖励。1956 年至 1958 年，连续 3 年先后被评为市级先进工作者、青年团积极分子和技术模范。1963 年在市委组织部从事档案管理工作，再次获得全市档案工作先进集体和先进个人称号。

1960 年，陈义章负责宜昌技工学校实习工厂工作，由于学校刚组建不久，条件简陋。师生上课一无实验场地，二无设备。陈义章因地制宜，组织力量夯打垒砌，搭建工棚和车间。多方筹措，组建了车、钳、锻、铸、木共 5 个车间，安装机械设备，让师生们有了实习的场所。

（二）

1966 年，"文化大革命"开始了，十年浩劫，陈义章的人生也经历了起起落落。当时他在市玻璃厂担任党支部书记兼民兵连政治指导员，一夜间，他从劳动模范和积极分子变成了群众组织指定的单位头号走资派，接受批斗和劳动改造。每天白天在锅炉房烧水，然后将开水分送到车间，晚上再接受批斗。持续的高温工作环境和政治打压摧垮了他强健的身体，脱肛手术留下严重后遗症，后因盲肠炎加重进行抢救性治疗，全麻手术给身体造成不小伤害。1967年解放军进驻该厂，经过阶级队伍清理，他官复原职，重新担任该厂党支部书记兼革委会主任。此时，玻璃厂已不复往日红火，受政治运动冲击，人心涣散，工厂长期处在停业状态，濒临倒闭。这让他非常痛心，上任后即采取系列措施恢复生产，使玻璃厂起死回生。短短两年，工厂扭亏增盈，效益好转，获全市三厂一校红旗称号，即玻璃厂、门窗厂、皮革厂和市一中。

他非常注重科技研发与投入，1969年至1973年，玻璃厂新产热水瓶和玻璃纤维研发获得成功，为中共"九大"献上一份厚礼。在发展生产的同时，他非常关心干部职工生活。筹措资金、争取支持，新修了职工宿舍，使全厂干部职工的居住条件得到较大改善。其间他光荣出席全省学习毛主席著作先进单位和积极分子代表大会。

1973年3月，他调入市纺织工业局，至1975年5月，先后担任副书记、副局长、政治处主任。曾带领工作队到市麻纺织品厂和纺机配件厂驻点，帮助整顿企业。他运用自己丰富的管理经验，从企业管理、产品质量的人员配备入手，通过调解整顿，麻纺厂迅速由后进转为先进企业，获得好评。在战线党委分管组织工作期间，对所属企业中层和厂级干部全面摸底，按德才兼备选人用人标准，注重实绩，选拔一批干部走上不同的领导工作岗位，为全市纺织行业发展起到了积极的推动作用。

1975年5月任市第二轻工局党委书记。经过深入调查研究，有的放矢地开展工作：针对部分行业分散、厂子小、人力、物力、财力相对不足的实际状况，因地制宜，因势利导，组建发展市服装工业公司、市塑料工业公司、市皮革工业公司、市工艺美术工业公司，壮大二轻工业的发展规模；生活上关心职工，帮助解决住房和看病远、贵，小孩入园上学的问题，多方筹措资金，先后修建二轻职工医院、二轻幼儿园，机关与企业职工宿舍，解决衣食住行等后顾之忧，使干部职工心往一处想，劲往一处使，企业获得长足发展；对限制发展企业迁址扩建，如冶金制品厂、第六塑料厂、轮胎翻新厂、油化化工厂等。经过努力,轻工系统企业产值由 1975 年的 3000 多万元,增长到 1981 年的 9000 多万元。其间,代表二轻局出席全国工业学大庆代表会议,在北京受到李先念主席接见。

1978 年 11 月党的十一届三中全会召开后,党的工作重点转移到经济建设上来。1981 年,陈义章到市木材木器公司任党委书记、经理,兼中国木材公司宜昌供应站站长,进行了系列改革。一是木材行业业联系改组,将二轻木器厂、建工门窗厂、市木材公司联合起来,共同开发,实行木材综合利用。在中国木材公司支持下,新组建刨花板厂、木模厂,统一加工。二是为扩大木材场,在临江坪征地百亩,作为木材集中堆集场地,为中央、省属在宜企业划转木材供应起到了优先作用。由于统一管理中央木材划转和综合利用成绩突出,到北京出席了全国木材行业综合利用经验交流会议,并作了先进典型发言。

(三)

他不仅在经济领域里做出了突出贡献,在党务政工、社会事务管理等方面也卓有建树,获得高级经济师和政工师双职称。1985 年 3 月任市寿桥街道办事处党委书记、主任。经过全面深入调研,由于当时街道财政收入差,他将经济建设摆在重要位置,对现有小型企业进行调整,部分建筑修缮队规模小、技术设备简陋,却具有良好的发展前景,对这部分企业他着手进行组建。在市建委的帮助下,筹建了万寿建筑工程公司,对外承接工程。由于具备了资质,承接工程优势明显,业务越做越大。当时商贸业尚不发达,经多方努力,与市滨江贸易公司开展业务合作。针对经济不活的现状,与市人民银行沟通,组织万寿桥信用合作社,开展小型商贸企业小额贷款业务。社会工作方面,由于居委会人口多,管理欠规范,在八宝塔、苏家榜等地组建新居委会,便于开展群众工作。在大街小巷环境治理方面,资金短缺成为瓶颈。他因地制宜,组织各居委会生产自救,发展小型商业网点。经调查，红港居委会经济工作走在前列，就着力培养这个典型，积极推广，使之很快成为街道典型，并推向全市。红港居委会党支部书记、主任向培英同志被表彰为全市劳动模范，在典型带动下，各地居委会都注重发展小型商业网点，形成密集的网络，经济活跃起来。在街道经济状况好转，财政收入有了一定保障后，想到为民谋福上来，修建职工宿工，解决了街道一批职工住房困难问题。

1987年6月任市西陵区人大筹备组组长，按地方人大组织法有关规定和上级人大具体要求，积极筹备人大代表选举，为代表大会召开，成立区人民政府，积极走访代表，组建代表小组，开展活动，受到市人大常委会好评。在全市第一次人民代表大会上，当选为市人大常委会城乡建设委员会委员。西陵区人大工作先后受到湖北省人大表彰，而他关于人大地方工作的研究，在全省人大会上作了"论人民代表的间接选举"探讨交流。

从1949年参加工作，到1995年退休。46年的工作历程，他从一名铜器厂学徒做起，逐渐成长为技术骨干、部门负责人，无论是在轻工、纺织战线，还是多个市级重点企业的党政负责人，做到一腔热血谱辉章，培育壮大一个个企业。先后转战经济、社会、党务、政工等多个领域，始终心系群众。坚持从群众中来，到群众中去，心为民所系，利为民所谋，权为民所用，使党的基业四季常青。

幸福路上的老焦

路是希望的延伸，因为有了希望，路就越走越宽。

我们在东瀼口镇移民办徐主任的陪同下，走进该镇焦家湾村五组后靠移民焦国科的家中，户主从事交通运输出车在外，49岁的女主人佘翠德热情接待了我们。抬眼打量，屋内陈设虽然俭朴，却打理得井井有条，门楣上挂着"三峡库区巴东县农村生态农业节能示范户"的牌子。女主人是焦家湾村五组组长，言谈举止都很干练，问到移民搬迁的情况，她滔滔不绝打开了话匣子。

"以前的房子在水位线下，住得真是紧张。一家十口人，住在一间不足100平方米的瓦屋中，属于小家庭四口人的只有两间卧房。"当时的家庭成员，除了他们夫妻和一双儿女，还有父母双亲，两个姐姐、一个妹妹、一个兄弟都未成家，全靠种植为生，人非常辛苦，一年劳作所得收入，人平均最多只有1000多元。

1998年移民开始，小家庭自立门户。按补偿标准，除了按人头补助的搬迁、生产安置费约5万元归他们所有，其他房屋和经济林木补偿，分到他们名下的已经不多。移民期间他们经历了两次搬迁。第一次在水位线上建了一幢面积不大的平房，当时经济承受能力非常有限。2005年县里新修公路，选址此处，县移民局和交通局各补一些钱，她们进行了第二次搬迁，在离平房不远的地方建起了现在这幢占地120多平方米的三层楼房。

　　两次移民，迁建新房，还要供养一双儿女读书，夫妻俩起早贪黑。移民期间，焦师傅买了一辆面包车，在县城跑客运，每天早上五点多就出车，晚上八点才摸黑回家。由于县城流动人口不多，跑车收入一年也就在1.5万元左右。家中农活全落在女主人一人肩上，饲养牲猪，种植玉米、土豆、红薯。为了增加收入，在田间精耕细作，栽种各类蔬菜和柑橘、桃、李、樱桃等水果，每天早上天未亮就搭焦师傅的车进城，摆好摊位，卖完后回家务农，这样一年可为家庭增加收入1.5万多元，基本能维持一家开销。

　　"日子还是越过越好了，以前在沟里挑水吃，现在是自来水，烧的是沼气，这些都是政府出资修建的；本地除了在校学生以外，都参加了新农合，新农保也开始起步……"女主人说话的时候，一直是笑眯眯的神情，她说房子比以前宽敞多了，儿女们也大了。她告诉我们，她的女儿已出嫁，住县城里，信陵镇西壤坡村西壤二路，离娘家不远，带着5岁的小外孙常回来。儿子焦涛今年24岁，刚从湖北民族学院毕业，前不久参加全县公办教师招考，成了有编制有固定工资的中学教师。家中负担轻了，今年焦师傅花4.2万元换了一辆新车，以前的旧车租赁给别人使用，每月收租金1000元。

　　采访的时候，焦师傅的儿子，一个帅气、书卷味十足的小伙子，一直在忙忙碌碌地帮母亲料理家务，热情地给客人沏茶和削水果。他在离家30里外的绿葱坡中学教物理，每到周末休息，就会回家帮母亲做些农活。一个多小时后，焦师傅的车停在楼下，是一辆崭新的银灰色面包车，车牌号鄂QQ7886。"接到家里打的电话后，我就提前收班从县城赶回来了。"面对我们的询问，他很实在地谈了自己的想法："目前最大的愿望，就是再挣点钱，把这幢房子好好装修一下。前些年要供养孩子读书，家庭建设就停了。2005年建新房的时候，设计不够理想，猪圈、厕所、柴房等附属屋都建在一边，如果对住房装修改造，一定要增加供排水设施，保证每层楼有一个干净的卫生间。"

　　女主人的想法更长远，主要是围绕当地未来的发展。她说："移民时全组有 190 人，现在已增加到 220 人，新添人口主要是婚娶和生育，新增人口都没有地，新增人口中部分人无法享受到国家关于大中型水库建设的移民后续安置补偿，每人每年 600 元，20 年就是 1.2 万元。"说到这里，她停了停，脸上的笑容没有了，"移民后由于耕地大多被水淹没，人均不足 5 分 9 厘田，一般家庭都是既种地，也务工，全组长年外出务工有近 30 人。我们这里是滑坡地形，垦荒和修路都受到限制。居住在山上的后靠移民想修一条高山公路，移民、交通等部门来调研了几次，滑坡地形不能争取国家政策补助，目前修路资金缺口大，县里同意承担一些青苗补偿，涉及占地的后靠移民希望能享受与神农溪同等的土地补偿标准，1.98 万元 / 亩，经济林木、青苗费、房屋等想按国家对农村建设的标准再补偿"。

在他们家采访的时候，窗外下着很大的雨，房间里不时飘出欢乐的笑声。焦师傅说自己今年才 52 岁，妻子比自己小 3 岁，都还是做事的时候，儿子也自立了，只要能吃苦，肯干事，相信生活会越过越好。

"搬得出，稳得住，逐步能致富。"十年变迁，三峡移民在国家政策的扶持下，用辛勤劳作让安居乐业变成了现实。

东瀼蜂王谭兴安

2011 年 9 月 17 日，我们来到长江三峡的后靠移民聚居点——巴东县东瀼口镇焦家湾村采访谭兴安。此处与巴东县城隔江相望，从县移民局出发，过巴东长江大桥，约 20 分钟车程即到谭兴安家。焦家湾村临近长江，对面就是著名的巫峡。"线上一条路，沿路一排房，房后一片园"，这是对长峡江边上的移民新村的描绘。但与依山而建、门前陡峭的房屋相比，谭兴安的新房子感觉宽敞许多。三层楼房坐落在公路边一片平坦的橘园中，房前屋后瓜果葱茏，丹桂飘香，屋前有宽敞的庭院，200 多群蜂箱整齐摆放在场院边，一群蜜蜂嘤嘤起舞。谭兴安闻讯迎出门来，听我们在夸奖他的房子，介绍说："我这幢房子是 1998 年建成的，当时刚刚听说要移民，安置补偿还没开始，就提前在 182 米的水位线上选址建新房。本身老屋也是太小太旧，一家老小 6 口人，挤在只有 90 多平方米的土屋里。"

陪同采访的巴东县东瀼口镇移民办许主任告诉我们，谭兴安老人是当地有名的养蜂大王，也是 20 世纪 80 年代初该村的第一个万元户。"他从 1980 年开始养蜂，1984 年我参加工作时，他靠养蜂致富成了当地名副其实的万元户。目前东瀼口镇有养蜂专业户 12 家，年产蜂蜜约 25 吨，谭兴安的养蜂规模在全镇是最大的，年产量近 8 吨。"

移民前谭兴安靠养蜂每年有 1 万多元的收入，家中 8 亩地，1100 多棵柑橘树，年产柑橘一两万斤，还可增加收入近 5000 元。1998 年，他拿出多年积蓄，盖了这幢三层小楼，占地面积 140 多平方米，居住条件得到了较大改善。

谭兴安的老屋在 132 米水位线上，属第一批移民搬迁对象。乔迁新居后，由于老屋和他哥哥的房屋连在一起，就给兄弟们住着，直到 2003 年三峡库区蓄水后才拆除。当我们向他询问移民补款事项时，他说已记不太清楚，在镇移民办干部的提示下，粗略算了算，拿到了包括住房、经济林木补偿、搬迁、生产安置经费在内的移民补款，计 13 万元。根据当地后靠安置方案，还获得了 3.5 亩的耕园地承包权，种植柑橘、玉米、蔬菜等。

水位上涨后，老屋和原有田园、山林、耕地逐渐被水淹没，谭兴安开始为今后的生活打算，这条致富之路走得并不平坦。由于耕地减少，家中劳力富裕，他将移民补款资助给儿子谭运红做装潢生意。从农民转变为商人，很快就交上了沉重的学费，生意接连亏本，移民补款所剩无几，连他养蜂的收入也贴进去了。对于这段往事，他不愿再多提起。只是简简单单地说："做了一些生意，都亏了。"然后沉默不语。儿子的经商挫折也让谭兴安认真观察和思考过，"我想还是搞自己熟悉的事有把握些，把老本行做大。"根据当地的地理条件、气候和多年积累的养蜂经验，谭兴安逐步扩大养蜂规模，蜂箱由原来的 70—80 群，增加到 220 群，并改良了品种。据他介绍，现在靠出售蜂蜜一年毛收入近 10 万元，除去饲料和人工、运输费用，净收入在 7 万元左右。说起养蜂，这位沉默寡言的老人一下打开了话匣子："春季是产糖的高峰期，油菜花、柑橘花大面积盛开，如果年景好，一季收入有七八万元，年景不好，最低也有两三万元。此后养蜂要随着花期和蜜源流动，请车将蜂群拖到野外花开的地方安营扎寨，雇请人员搬运、看守，一年费用要 1 万多元。到了秋季，如果外面有花，还可摇糖 900—1000 多斤，增加收入 1 万多元。今年蜂蜜价格不错，秋季杂花蜜收购价达到了 15 元 / 斤，零售价超过 20 元 / 斤。夏秋后的蜜源主要是黄荆条、桂花等。"

经过近 10 年的浮沉和辛勤努力，日子终于红火起来。谭兴安老人今年

63岁，头发也有些花白。他告诉我们，这10年里发生了很大变化，原先家中六口人，上有双亲，下有一双儿女，如今双亲已过世，女儿到上海打工，已在外地成家，家中娶了媳妇，添了孙子，一家五口其乐融融。前些年做生意虽然亏了不少钱，但积累了经验，儿子和儿媳在县城开的粮油店，生意越做越好，年收入达10多万元。

采访时，只有谭兴安一人在家，"老伴王前银出门吃喜酒去了，儿子和儿媳在县城做生意，一般要晚上才回家"。他一边添茶倒水一边说。

回来的路上，许主任继续向我们介绍："谭老养蜂30多年，不仅自己富了，还带动乡邻致富，一起将该地的养蜂产业做大做强。他将自己多年养蜂积累的经验无偿传授给周边乡邻，经常上门辅导。在他的帮助下，同村同组另有3户也在进行规模化养蜂生产，这4户人家一年的蜂蜜产量，可占全镇的65％。"从几个养蜂专业户门前走过，他们的房屋，距谭兴安家仅百米之遥。

邓琴牡丹

> 幸福是我们的共同创造，而不是一方给予。
>
> ——题记

2009 年 4 月 13 日，首届全球大学生华文书信大赛颁奖仪式在河南洛阳举行，一等奖获得者，湖南大学在读硕士研究生，来自宜昌的少女邓琴从主办方手中接过沉甸甸的奖杯奖品：青铜洛书宝鼎一尊，《洛阳大典》一套，高永坤、李祥民等 8 位画家共同绘制的巨幅国画《全福千年牡丹王》和万元奖金。书信《消失好久的兔子》从来自韩国、日本、澳大利亚的 10 万多件参赛作品中脱颖而出，让她获得另一项殊荣——国家牡丹园将她的名字"邓琴"定为第 1220 个新牡丹品种，这是选取伏牛山野生牡丹与国家牡丹园中的"千年牡丹王"基因杂交培育出来的牡丹新花王。

2009 年 6 月，国务院总理温家宝到湖南大学考察，邓琴作为优秀学生代表，有幸与总理面对面交谈，并将"邓琴牡丹"图片亲手送给总理。总理还未进入校园，在惴惴不安的等待中，望着窗外骄阳炙烤的树木，她想到了父亲。为了供自己上学，也是在这样的骄阳下，年近半百的父亲每天蹬着"咯吱咯吱"响的破旧小三轮，载满货物穿梭在车流中，每遇上坡就要艰难踩蹬。暑假回家，她无奈打趣父亲："你们这种年纪，多运动运动，对身体好。"转过身去，泪水却无声淌下。父亲的双手如蛇蜕皮般斑驳粗糙，这份生计的艰辛，每每想起，总是说不出地心痛。

在与学生们的交谈中，总理讲到"穷人经济学"，他说："国家的发展、社会的价值，应该更加重视公平与正义。企业家身上应该流着道德的血液，社会应该把财富更多地分配给穷人。在我们国家乃至整个世界，穷人是大多数。如果学经济的不懂得穷人，不知道他们生活的状况与境遇，那么你就不能成为一个真正的经济学家。"想到自己的家境和父母的操劳，她的心为之一震，情不自禁叫了一声"总理"。当总理和同学们将目光移向她，她站起身，用平静而铿锵的语调告诉总理："我也是一名穷人的孩子，我的父母都是工薪阶层！"在童年的记忆中，穷是让自己羞愧和不安的字眼。而父母养育自己的艰辛，成长中的磨砺和一路走来的温暖关爱，她觉得自己在精神上其实很富有，贫穷只是一时的物资匮乏。会谈结束，她把以"邓琴"命名的牡丹图片递给总理，祝愿国家繁荣富强，希望自己的家庭，也像这含苞待放的牡丹，恩泽雨露，幸福绽放。

相扶相携　清贫之家是我们的幸福花园

长江之滨20年的蜗居生活，贯穿了邓琴童年和少年的回忆。在宜昌西坝小学旁一栋50年代的木楼上，一间不足20平方米的小屋，是一家三口的温馨之所。摇摇欲坠的楼梯，"嘎吱嘎吱"响的木板，卧室、客厅、书房三位一体，狭小的空间里，一张床占据了大半的空间，再加上一张书桌，就满满当当了。每晚她趴在书桌上写作业，为了不影响她学习，吃过晚饭，父母就关上房门，蹑手蹑脚下楼散步，生怕木板的嘎吱声惊扰了她。寒来暑往，家里的电视机很少打开，随着她升入初中、高中，学业越重，父母在外散步的时间也就越长。

日子如流水般波澜不惊，家境虽然清贫，他们依然感到知足温暖。父亲邓建国，原在宜昌市纸厂工作，母亲秦丽，是宜昌市包装印刷厂的一名普通工人。这对生于60年代初期的夫妻，经历了"文革"动乱和三年自然灾害后的饥荒岁月，对眼前的安宁生活格外珍惜。秦丽回忆自己的童年和少年，有学不能上，处处是武斗，一家老小为温饱愁，初中辍学后每天帮母亲糊纸盒维持生计。现在夫妻双方都有稳定工作，女儿乖巧懂事，学习成绩优异，让他们欣慰。

一场暴风骤雨的改革，平静的生活被打破了。2000 年，夫妻双双沦为下岗职工。秦丽说，他们很不适应这种角色转换，感到自己突然被社会遗弃了，整整两年时间里，郁郁寡欢，不愿出门。可是看到女儿每天开心背着书包去上学，回家后乐呵呵给她讲学校的各种趣闻，就觉得肩上有不可推卸的责任。为了让女儿健康快乐地成长，她和丈夫商量，下岗的事情不让孩子知道，家中的经济状况已是危如累卵。企业改制后，邓建国进入另一家印刷厂，随着企业破产倒闭，又一次经历失业的痛楚。为了生计，邓建国尝试着去做小生意，很快失败了。秦丽也是一筹莫展，年龄大了，学历不高，技能单一，求职四处碰壁。闲赋在家的日子，偶尔到社区帮忙做做义工，发放避孕套。一次原企业留守处给他们送低保金过来，因家中无人，邻居不了解实情，告知秦丽已在社区上班，1000 多元低保金就这样被取消了。其实她当时做的是义工，不拿一分钱的报酬，家中几乎无米下锅了。

社会并没有遗弃她们。2006 年，西陵区招聘社区工作人员，秦丽当时已经 43 岁，凭着两年里做义工对社区工作的熟悉了解，她取得了考试第一名的好成绩，录取后被留在西坝街办做劳动保障协管员。她十分珍惜这来之不易的工作机会，在家庭经济很不宽裕的情况下，自费购置电脑，从五笔字型录入法一点一滴学起。因为亲身经历了失业的痛楚，对街道就业困难人员竭尽全力，热心服务，为他们的求职牵线搭桥。西坝甲街社区赵婆婆年事已高，两个儿子一个 36 岁，一个 38 岁，都未成家，也没有工作，小儿子每天沉迷在网吧和游戏机室。秦丽便主动上门给他做思想工作，并联系到葛洲坝五公司。谁知他做了几天后就不干了。一次秦丽从丈夫口中得到消息，他新应聘的单位还在招保安，连忙去赵婆婆家，再次给小儿做深入细致的思想工作，要他自食其力，并与这家物业公司联系招工事宜。在她的帮助下，赵婆婆的小儿子到该单位上班了，还越做越好，2年后将在外地打工的哥哥和妹妹都介绍到了这家公司。目前兄弟俩都已成为公司主管，月收入近2000元，一家人都很感激。去年赵婆婆的大儿子结婚刚刚请她吃了喜酒，今年听说小儿子的婚期也临近了。"以前我脾气不好，经历下岗再就业后，逐渐调整心态，通过做劳动保障工作，学会与人打交道，充满耐心和爱心。"听她娓娓讲到身边的人和事，充满感激之情。秦丽讲述的时候，邓建国面带微笑坐在妻子身边，不发一语，说到这里，忍不住插进一句："从我妻子的经历，说明人不要太计较个人得失，她做义工虽然没有报酬，但对自己来说收获很大！"

梦在远方　女儿已经张开飞翔的翅膀

学习成绩优异的女儿，是秦丽夫妇的骄傲，也是他们在经历人生低谷时，生活的希望。2005年，女儿高分考入湖南大学。进入大学后，她没有像其他正值妙龄的青年男女一样，沉湎于象牙塔内风花雪月的爱情，而是在人生美好的青春年华里，继续刻苦学习，2008年被保送为本校硕士研究生，享受学费减免的待遇。她深深体会到父母的艰辛和不易。虽然学的是化工专业，却没有放弃作家的梦想，喜欢三毛和张爱玲。《夜读山楂树之恋》《消失很久的兔子》等一篇篇文章，诠释了她对人生、对友情和爱情的理解。她说，虽然许多同学比自己家境好，但自己感到很幸福，很庆幸成长在这样一个和睦的家庭中，父母不仅给了她满满的爱，更培养了她独立生活，应对困境的能力。

秦丽夫妇总觉得自己亏欠女儿。20平方米的蜗居一住就是20年，渐渐长大的女儿那么渴望有一个属于自己的独立空间，他们却无法做到。只能在离地一米多高的位置，用烙铁做个支架，在半空为女儿悬上一张自己的小床。"过分的溺爱等于温柔的迫害"，乐观的女儿一副满不在乎的样子，其实是在安慰他们。

2011 年，中央电视台录制一期《毕业歌》节目，朴素的邓琴身着 T 恤、牛仔裤，清爽短发，站在央视主持人撒贝宁身旁，将"邓琴牡丹"的种子赠予自己的学弟学妹，并寄语他们："这是母校培育的种子，虽然小小的，但它会成长，虽然丑丑的，也会开出美丽的花朵。"一如她的人生，清寒中绽放艳丽。

走出校园，她开始面临自己的人生选择。知晓宜昌市招考硕博科级干部的消息后，一心希望女儿留在身边的父母赶紧将她催回。考前三天，邓琴风尘仆仆赶回，以第九名的成绩被录取。在一番艰难抉择后，她选择了放弃。她说，公务员是许多人心中理想的职业，家乡宜昌山水秀美，很希望在家乡安居乐业。只是自己还很年轻，刚刚走出校门，希望趁着年轻到外面的世界去历练，而不是过早依偎在父母身边享受安逸。不久后，她应聘到中国航天工业集团深南电路公司，做战略体系研究，边工作边攻读博士学位。面对独自远行的女儿，秦丽夫妇依依不舍，充满牵挂。为方便与女儿联系，他们学会熟练使用网络聊天、视频和邮件。女儿的终身大事，是压在父母心中的石头，每次通话都要询问和催促。她沉浸在自己的精神世界里，向往荷西、三毛撒哈拉沙漠的真爱。她坚持自己的观念：情要随缘，用心等待茫茫人海中让自己心动的那个人。她说自己对男方的物质条件没有任何要求，希望在工作和学习中，找寻陪伴一生的爱人，像父母那样幸福生活，共同创造。

感恩幸福　人生风雨路我是旧伞给你温暖遮挡

"安得广厦千万间，大庇天下寒士俱欢颜。"20 年蜗居生活，秦丽一家对改善居住条件的渴望，曾经像一个遥不可及的梦。每晚和丈夫外出散步，她就在想，什么时候能让女儿坐在宽敞明亮的房间里写作业呢？房价越涨越高，银行存款因下岗失业越来越少，买房一次次提上议事日程，又一再被搁下。2005 年，听说政府为解决低收入群体购房困难而筹建的经济适用房要开工了，带着试一试的心情，秦丽去登了记。2008 年，巨大的惊喜从天而降，通过现场摇号，他们分得一个经济适用房的名额。接到电话通知那一刻，秦丽泪流满面。她把这一消息告诉女儿，电话那头女儿也在抽泣，一家人期盼多年的购房梦啊。很快她们又犯难了，72 平方米的两室两厅，12 万元购房款，对这个家庭来说，是一笔巨大的支出。女儿刚被学校保送读硕士研究生，为了女儿的前程，她们打算放弃这难得的机遇。由于夫妻俩为人实在厚道，在亲友们的帮助下，2010 年他们终于搬进民惠小区，有了窗明几净，属于自己的新房。

惠民小区坐落在城郊，三面环山，风景优美。房屋面积虽小，却布置得简洁温馨。每隔一段时间，秦丽就会花几元钱，买一株水培植物装点居室，水草下，鲜活的鱼儿游来游去，生机勃勃。在纤尘不染的房间里，秦丽拿出家庭合影和女儿的童年小照，给我们讲述她的成长趣事，还有夫妻俩经历的人生风雨，脸上洋溢着甜蜜幸福的笑容。女儿的获奖证书和央视视频，都被她用心收藏着。她说，如果没有国家的惠民政策，我们平民百姓哪里敢奢望住进这样的花园小区？我在 40 多岁后实现人生的转变，并找到适合自己的岗位，人生价值得到了体现。如今女儿已完成学业，走上工作岗位，熬了多年，终于盼到花开结果。孝顺的女儿省吃俭用，参加工作 1 年，拿出积攒的工资奖金，让他们还清了购房欠款，还鼓励父母有空出去旅游，多看看外面的世界。

她说，女儿在学习和工作中一直很刻苦，她始终铭记着总理的教诲：以国家为己任，以天下事为己任，做一个忧国忧民的有为青年！

槐花飘香

她的博客署名"槐花飘"，打开页面是一棵古老的槐树，垂下素花朵朵。在清香四溢的氛围中读《槐花，我的乡愁》，字里行间空灵飘逸。

她平时披一肩长发，化点淡妆，脸上是阳光般灿烂的笑容。她有时头戴珠花，身着织锦，在五彩的灯光下京剧演唱《大唐贵妃》，字正腔圆、珠落玉盘。

这样的情景，我们很难将它与一个肢体残疾的女子联想到一起。

她是一名普通的社区工作者，在省、市残联系统征文比赛中，获得特等奖，兼职宜昌市《自强文苑》责任编辑；京剧表演先后参加中残联、省残联汇报演出；在残联专职岗位，她像一支燃烧的蜡烛，尽力将信心和温暖传递给身边的残疾人群……她就是西陵区残协专职委员蒋毅华。

春寒料峭的二月，在西陵区葛洲坝街办清波路社区会议室，我与她相对而坐，娓娓倾谈，坎坷人生中一个个感人的故事，让心中跳跃着一团燃烧的火，这是一种什么样的精神力量？

自强不息　坎坷人生路父爱如山

1967 年，蒋毅华出生在一个军人家庭，父亲是河南平顶山野战部队的作战参谋。7 个月大时，母亲带她到卫生室打针，由于扎错穴位，伤及神经，小儿麻痹症造成肢体残疾，使她这一生都不能去舞蹈、去奔跑、走遍千山万水，残疾折磨着女儿，也痛在了父亲的心里。当时蒋毅华随母亲生活在农村，由于还不具备随军的条件，父亲破例向军队申请，要求将女儿带到身边，接受最好的军医治疗。她有幸遇上了军医焦叔叔，每天，父亲都背着她去那里电疗、扎银针，几个月过去了，蒋毅华的左腿依然无力动弹。焦叔叔医术精湛，已治好了不少人，见她的病情不见好转，就在自己腿上反复扎针试验。一次治疗时，银针几乎要将蒋毅华的腿扎穿了，她的病腿突然抖动了一下，焦叔叔马上拔下银针将她抱下地，她居然奇迹般地会走路了，蹒跚地迈出了她人生的第一步，这让父亲和焦叔叔喜出望外。第二天，焦叔叔突然失踪了，父亲四处打听，有人说是被关押了，也有人说他成分不好，潜逃了。这是在"文化大革命"的年月里，什么情况都有可能发生，这一别音信全无。父亲没有气馁，从此带着蒋毅华遍寻良医，这一坚持就是整整17年。

小时候，由于左腿残疾，蒋毅华不能和同龄孩子一起玩耍嬉戏，更多的时候，是一个人待着，体会着孤独，或在路上漫无目的地行走。一次走着走着，就迷路了。天快黑了，面对着一个个陌生的岔路口，年仅四五岁的她内心被恐惧包围着。这时一阵风吹过，飘下来很多白色的小花，打在她的脸上。抬头望去，高树上挂满了一串串白色的小花，沁人的香气使人陶醉，她就这样仰望着，脸上露出了少有的笑容，忘却了迷路的恐惧。从地上拾起几朵，欣喜欢快地嗅着花香走下去，终于找到家了。从此这一树槐花一直飘在蒋毅华的心中，成为她最美的记忆。她说："每当自己遇到困难时，想到那满树的槐花，就鼓励自己，开在高处，一心向地。"

父亲刚毅果断的性格，也深深影响着她。上小学时，母亲因为工作调动，带着她和哥哥从丹江来到宜昌。母亲是葛洲坝集团公司的一名职工，兴建葛洲坝水利枢纽工程时，常常下基坑围堰作业，每天中午只有一小时的休息时间，跑步回家给孩子做饭，自己来不及吃一口就又要去上班，因此落下了严重的胃病。为照顾家庭，1976年，父亲申请转业回到宜昌。父亲对工作非常敬业,葛洲坝大江截流时,担任水上副总指挥,荣立一等功。父亲是一位优秀的基层干部,也是女儿心中的精神偶像。当中央电视台来采访时,他回避了,工作以外的时间全身心陪着女儿,陪着她在人生路上跌撞前行。

随着年龄的增长,蒋毅华的病情加重了,女儿的病情牵动着父亲的心。他更加急切地寻找着医治女儿病情的良方,最后选择了带女儿去武汉做矫正手术。不幸的是第一次手术就失败了,蒋毅华从此只能依靠拐杖行走。父亲不甘心看着心爱的女儿这样的结局,倾其所有继续求医,历尽坎坷后帮助女儿丢掉挂了4年的拐杖,再次获得自由行走的能力。父亲不断鼓励她坚强、自信,他说:"残疾不是缺陷,而是不便,越是残疾,越要美丽。"在父亲的鼓励下,她博览群书,用文字抒发内心的情感。高中毕业后,蒋毅华在三峡实业总公司做了一名办公室工作人员,虽是聘用,但她对工作兢兢业业,利用业余时间学完了财务中专、汉语言文学的大学课程,努力实现着自己的人生价值。

爱情也悄悄降临了。23岁时,蒋毅华的一篇散文在《青年月刊》上发表,收到不少读者来信。一名在总后勤部工作的现役军人写来热情洋溢的信,想到自己的身体状况,她婉言拒绝了。之后每隔一段时间,小伙子就坐七八个小时的长途客车从武汉过来看她,3年的坚持,小伙子以他的真诚朴实打动了她和家人,1996年两人走到一起,有了一个可爱的儿子。

好景不长,不幸接踵而至。2006年,挚爱的父亲突发脑出血,偏瘫在床,心中的精神支柱轰然倒塌;单位对短期合同工实行一刀切,工作12年后,她成了一名下岗失业人员;由于性格不合,她和丈夫的婚姻也走到了尽头。生命似乎跌入谷底,这一年她流下了无尽的泪水,尤其是深爱的父亲病倒后,她不吃不喝不睡,痛哭不止,3天瘦了5斤。看着年迈的双亲和年仅8岁的儿子,大痛之后,她擦干眼泪,他们需要她,她必须坚强、乐观地活着。

她先尝试着去做营销,感觉不适合自己,后来应聘到一家私营企业当会计，由于工资低，管理也不规范，很快又失业了。直到 2007 年来到葛洲坝街道担任残联专职委员，她分外珍惜这来之不易的工作，以自己的切身感受去帮助身边的残疾人，也在对别人的帮助中实现了自己的人生价值。在这里，她遇到了热心善良的刘大姐、关爱自己的孙主任，还有一群可爱的同事，她的心情开朗起来。下班后帮母亲悉心照顾生病的父亲，她说："经常依偎在父亲身边，逗逗趣、撒撒娇，觉得很快乐，父亲生病后，回去给父亲刮胡子、剪指甲，能为父亲做事心里很幸福。父亲虽然言语表达不清，但看着女儿的笑脸，仍然能感受到他内心的喜悦。"他们的家庭，被评为西陵区第一届"幸福家庭"。她告诉我们，今年是父亲和母亲结婚 50 周年，"想为他们的金婚好好纪念一下，这么多年相扶相携，真不容易！"

破茧成蝶　阳光下绽放艺术才情

2007 年，她到葛洲坝街道工作，成为葛洲坝街办辖区内的第一个残协专职委员。不久后的一天，素未谋面的宜昌市残联高理事长，拎着公文包风尘仆仆地走进了葛洲坝街办，在他的努力下，为很多残疾人争取到了工作岗位。高理事长的工作热情与爱心，让她看到残疾人工作的前景是那么光明，她对这份淳朴而光荣的工作充满了信心，也为她的人生打开了另外一扇窗。

由于自尊、敏感与忧伤，在经历生活的磨难时，蒋毅华不愿向人倾诉，而是以文字诉诸笔端，抚慰自己的心灵，她将这些文章放在自己的空间和博客里，却没有信心去投稿。一次残联系统举办征文活动，蒋毅华结合自己的亲身经历，写了一篇散文。优美的文笔、乐观向上的风貌，被评为特等奖。她说这一年她遇到生命中的许多贵人，让她充满敬意和感激。《三峡晚报》的一位编辑，看过蒋毅华的博客，为她对亲情的描述而动容，经过打听找到单位，送给她许多书，鼓励她好好学习、好好生活，指导她如何更好地写作，让她感到非常温暖，对生活有了更多的憧憬。

　　2008年，宜昌市残疾人文学艺术协会成立了。在这个大家庭里，蒋毅华有了一片心灵放歌的天空，一次次远足采风，一场场精彩纷呈的文学笔会，她对文学艺术的热爱，如雨后勃发的枝叶，荡漾着生命的绿意。邰丽华、孙万清，一轮弦月清辉，让她的笔触由抒发个人的内心感悟，向关注芸芸众生、残疾人这个特殊群体转变。她被吸纳为宜昌市作协会员，并兼职宜昌市《自强文苑》责任编辑。

　　通过笔会，蒋毅华有幸认识了生命中的另一位恩师，宜昌市残联副理事长黄昌林，一位戍守边疆多年的军人，一位德艺双馨的艺术家，引领她走进了京剧的殿堂。她说："以前自己不了解戏剧，觉得唱京剧是不敢想的事情。"几次笔会，她与黄老师结下了深厚的师生情谊。一天黄老师给她打来电话，说她嗓音好，建议学唱京剧，并邀请她周六到市残联参加京剧分会的活动。蒋毅华去试了一次就想放弃，黄老师用心搜集了几个京剧片段，推荐给她，让她多听，听了几次后，觉得还有点意思，居然能随口哼几句了。随着不断地学习，她深深地爱上了京剧艺术，勤学苦练，演唱技艺提高很快。市残联为了帮助会员们提高演唱水平，专门请来了国家一级琴师和全市"十佳"京剧票友辅导，每周六下午在市残联排练，黄老师则自始至终陪着。她和黄老师演唱的《长生殿前七月七》，在向国家、省残联汇报演出中获得赞誉。现在蒋毅华又参与排练新的节目，力争在全国助残日时展示新的风采。看着这群笑靥如花的会员，听着她们字正腔圆的演唱，京胡悠悠，眼前那舞动的水袖，像一道飘逸的彩虹划过，洋溢着明媚与快乐。

　　蒋毅华说："多年了，我生活在沉寂中，现在居然每天都沉浸在京剧韵律的享受中，曲不离口，咿咿呀呀地唱起京剧段子来，连父母都十分欣喜于这种快乐活泼。"艺术追求愉悦了心灵，弘扬了国粹，让歌声替代泪水，快乐抹去伤悲，自由驰骋在心灵的舞台上。

　　与我们交谈的时候，蒋毅华始终带着阳光般的笑容，无论是手术失败，还是下岗、离异的经历，说起来都那么云淡风轻。对前夫，她没有任何怨言，那语气，就像在讲一位多年的老朋友。她说："他是一位很有责任心的父亲，尽管远在西藏，我们在对孩子的教育上，常商量。"她很欣慰，已上初中三年级的儿子，阳光、孝顺、懂事，学习成绩也不错。"其实，离婚时，非常担心对孩子的心灵造成伤害"，2009年蒋毅华自学心理学课程，并获得国家二级心理咨询师资格。

良好的与人沟通能力，让她收获了更多的快乐，要好的同学、朋友、姐妹，遇到困难时，愿意向蒋毅华倾诉，她也在博客、QQ空间中以文会友。她曾写过一篇文章《我想去看海》，由于行走不便，梦想遥不可及。而在去年，蒋毅华有幸亲临亚洲残运会开幕式现场。当一行人驱车到达深圳大梅沙海滩，黄老师轻轻牵着她的手走到海边，说："小朋友，你想看海的愿望终于实现了。"那一刻她感动得热泪盈眶。黄老师按动快门，为她拍下一张张凭海临风的倩影。面朝大海，春暖花开。

把爱传递　生命的火焰照亮自己温暖他人

"小时候因为残疾承受了很多伤痛，长大后随着岁月的流逝，对身体的不便早就坦然承受，得到的帮助很多很多，身边好人很多很多，这都是我的精神财富，感恩是我获得幸福的源泉！"听她娓娓道来，最深的感受是知足、感恩、幸福。

2007年从事残联协工作后，她看到了一个自己既熟悉又陌生的世界。因为工作关系，接触了很多残疾朋友，了解了他们的真实生活和心灵世界。这个残缺的世界渴望阳光雨露，不少人因为残疾失去就业能力，因为残疾生活在孤独中，因为残疾心灵逐渐扭曲和封闭。近距离触摸他们的不幸，使她深刻感受到残协工作对于需要帮助的残疾人多么重要，为他们服务的同时，生命的意义在残缺中闪耀着光芒。

每天上下班的路上，她常常会遇到一位30岁出头的小伙子，热情地打招呼说："姐姐，你下班了？"她也很热情地回应。其实这位看上去健壮的小伙子是一位严重的精神病患者，他的双胞胎弟弟也是同样的病情，兄弟俩依靠药物控制才能维持正常状态。父亲去世多年，老母亲70多岁了，一家人靠抚恤金和低保维持生活，生活的艰难可想而知。这个多残贫困家庭一直是社区残协关注与帮扶的对象，每当遇到他们，她都习惯性地叮嘱要记得服药，听妈妈的话，久而久之，他们把她当成了很亲近的人。她说："这样的多残贫困家庭在社区不止一家，目睹悲情笼罩的家庭，心里很酸楚，我能做到的就是真实地记录，将牵挂放在心里，尽量地去帮助他们，为他们做一点事情。"

另一位重残居民易大姐，两次车祸造成下肢残疾，双耳失聪，仅靠助听器听到一点微弱的声音。易大姐还是一位单亲母亲，女儿在一岁时因病双耳失聪。蒋毅华常常去看望她们，竭尽所能地帮助，后来易大姐依靠过硬的刮痧技术，开了一个刮痧店，将女儿抚养成人，前不久又获得了全国百强刮痧师的称号。蒋毅华及时向她讲解残联的系列优惠政策，在创业过程中，依据政策为她申报该得到的优惠与扶持。去年易大姐重病手术住院，生活陷入困境，蒋毅华及时将情况报告单位，与街办领导登门看望，送去临时救助金，易大姐感动地握住她们的手不放，表示等自己出院后，愿意免费帮助更多有需要的残疾朋友学会刮痧，让他们都自食其力。

这样的残疾人和残疾家庭，在该社区有50多户。为了解决残疾人就业问题，她带领残疾朋友跑劳务招聘会，联系用人单位，经过不断努力，2009年她所在的清波路社区残疾人就业率达到了92.5%，获得了市残疾人就业示范基地的表彰；为了宣传残疾人事业，她通宵达旦，将一篇篇带着温度的通讯报道发向媒体，让更多的人熟悉了解；扶持残疾人自主创业、申报残疾人康复治疗，为特困残疾人申请临时救助，运用心理学知识与精神残疾人家属深层次沟通，在工作中，她积累了丰富的工作经验并得到上级残联的认可，多次获得市、区残联系统优秀通信员和优秀专职委员等荣誉称号。

残疾是人生的不幸，可她却深深感恩于不幸中的幸运。蒋毅华说："社会给了我一个工作的空间，在对社会尽绵薄之力时，也拥有了一个劳动者的尊严，生命价值得到体现。"她像一团燃烧的火焰，把爱传递，照亮自己也温暖了他人。

一座城　一个人

夷陵商业城，曾是宜昌人心中温暖和美好的回忆。

20 世纪 90 年代，这片崛起于宜昌铁路坝的商业新区，短短几年时间，演变为川东鄂西最负盛名的商品集散地和交易场所，586 个商铺为宜昌市民提供前所未有的丰富商品，服装、箱包、床品和琳琅满目的日用百货，涵盖了宜昌人所有的吃穿用度。当年盛传："平均每个宜昌居民家庭，80％的服装出自夷陵商业城。"它被誉为宜昌"汉正街"，生意火爆而名噪一时。

这座"城"的繁荣，带来宜昌城市商业重心由解放路向铁路坝转移，为西陵核心商圈的形成奠定了基础。这座"城"里，造就一批万元户、十万元户和百万元户。今天活跃在宜昌商界的精英，有不少人就是从这里起家，做大做强。

时光倒流，忆起这座"城"的变迁，他如数家珍。从招商选址，到项目落地，再到推进协调，业主满仓，往事历历在目。对于过去的业绩，他轻描淡写，不愿多提，然而，筹建中他和市区其他领导所付出的艰辛努力，已在西陵的商贸繁荣史上烙下了深深的印记。

他是原西陵区政协主席杨万喜。

筑巢引凤建好一座"城"

1996年2月，杨万喜任西陵区政协主席。为充分履行政治协商、民主监督和参政议政职责，他们围绕党和政府的中心工作积极建言献策。到任后不久，有人向杨主席反映：有一名福建的赵姓老板想在宜昌投资建市场，曾找过有关领导，但没有答复。他得知消息后，立即与赵老板联系，详细了解情况。经多方论证，该项目可行。他和西陵区政协其他领导一起，搜遍西陵大街小巷，帮助寻找适合的场地。1987年，全国科技成果交易会在宜昌铁路坝举办，1990年年底，交易会会址被改建为"夷陵商业城"，由于此处原是两方堰塘，居民少，人气不旺。为实现商家扎堆规模化经营，集聚人气，他们相中了铁路坝周边的两块地。这两块地分属中南橡胶厂和宜昌金轮拖拉机厂。杨主席分别找两个厂的领导协商地价，经过综合比较，最后与金轮拖拉机厂达成协议。拿地后，他们进一步帮助企业办理工商、税务审批注册手续。争取项目早投产，早达效。经过积极运作，有数百个商业门面的金轮服装市场粗具规模。1997年，夷陵广场兴建，再次带来宜昌商业格局转变。为顺应民意，宜昌面向全国征集方案。决定将夷陵商业城旧址改建为供市民活动休闲的大型绿化广场。金轮服装市场承接夷陵商业城商户转移，使夷陵广场的修建得以顺利进行。

90年代中后期，夷陵商业城每年向国家纳税近400万元，占西陵区税收总额的1/4。今天我们漫步夷陵广场，鸟语花香，绿茵如织。流光溢彩的音乐喷泉、五彩斑斓的夜景灯光与四季常绿的草坪、花团锦簇的广场构成一幅优美的画卷；晨练的老人、嬉戏的儿童与悠闲觅食的广场鸽组成了人与自然和谐相融的城市景观。商圈领头羊——国贸大厦与均瑶、丹尼斯、宜昌商场四足鼎立，环绕于广场四周。时代的车轮向前，曾经红火的夷陵商业城，为铁路坝商圈聚集了人气，使"广场商圈"显示出强大的商业优势与市场活力。尽管已芳踪难觅，夷陵商业城那段辉煌的历史，依然是宜昌人的骄傲。站在它的旧址上，我们会想起繁荣背后的推手，那敏锐的商业嗅觉，超凡的胆识魄力和全心全意为人民服务的心。

惜民之财服务经济建设

1994 年，三峡工程开工建设。举全国人民之力修建的三峡大坝工程浩大，巨大的土石方开挖工程，使坝区成为一片火热的建设工地。10 万台工程车在工地施工作业，开山凿岩，条件艰苦，车辆轮胎磨损非常快。1994 年 5 月，时任西陵区人大常务副主任的杨万喜从福建蒲田引进投资客商，在距坝区不远的望洲岗新建"三峡轮胎翻新厂"，变废为宝。每条破损轮胎经翻新处理可达八成新，价格不足新轮胎的一半，从而大大延长了原有轮胎的使用寿命，减少工程车损耗。新厂筹建中，他与区人大常委会领导们全程跟踪服务，为企业办理工商、税务登记协调沟通。当年 10 月底，三峡轮胎翻新厂建成投产，年产值 1500 万元，利税约 200 万元。可翻新 8 种型号的轮胎。该厂建成后为三峡工程建设节省了财力开支，增强了西陵经济发展后劲。

同年，西陵经济开发园区建设步入正轨。作为西陵经济发展的重要增长极，他对园区建设给予高度关注。先后三次组织人大代表视察，宣传园区，为加快园区建设献计献策。要求政府理顺关系，为园区建设创造良好的外部环境，同时发挥区位优势，抢抓机遇，广开门路，招商引资，并将市政府对园区的优惠政策落到实处。这些建议引起政府高度重视。

廉政勤政彰显公仆本色

1987 年西陵建区，杨万喜任区纪委书记。当时人手紧张，办公条件简陋。整个纪委只有 3 名工作人员，书记、副书记、办公室主任。在单位，他既是领导，又是办事员，事无巨细。而且每次外出办案，都是自己骑自行车和坐公汽，因为当时全区只有 5 辆公车。他身先士卒，厉行节约，深入推进党风廉政建设，与各级党组织签订责任制，实行百分制考核。从学习教育、违章建制、遵纪守法、案件处理等方面，细化若干小项。年初明确思路，年终检查考核，并将考核结果进行通报。西陵区党风廉政经验在全市推广学习。

从纪委书记，到人大常务副主任，再到政协主席，无论身处哪个领导岗位，他始终坚持人民利益至上。任人大主任期间，把视察工作当作联系群众，加强政府监督的有效途径，围绕群众关心的热点问题，竭力办实事。每年对绿化达标、爱国卫生、防汛、学校收费、城市管理等工作进行视察。1995 年 8 月，他带领市区 20 多名人大代表，视察各街办的文明创建工作，对居民反应强烈的燎原巷、西陵一路房管宿舍 39—43 号，市化工厂与建筑总公司结合部、南湖、宜昌船厂等 10 余处卫生死角，现场听取群众意见，提出整改要求，责成相关部门整改落实。市化工局、建筑总公司、西陵房管所领导当场立下军令状，当月 10 日前将西陵一路 39—43 号污水乱流问题处理好。燎原巷烟尘污染严重，激起群众公愤。视察后，在人大机关督导下，燎原巷烟尘污染源——乱搭乱建的饮食摊点被强行拆除，其他卫生死角也得到根治。

依法治区推进民主法制进程

保障宪法和法律法规在本区域贯彻执行，是地方人大常委会的重要职责。1994 年 2 月，杨万喜主任与人大常委会领导结合西陵实际，拟定《西陵区依法治区五年规划》，推进西陵区法制化进程。3 月 22 日，三届一次人大常委会表决通过。为保障该项工程顺利推进，区人大、政府、法院、检察院、公安分局负责人组织领导小组，选取社会治安、教育、城建进行试点，积累经验。为保障宪法和法律法规的执行，每月开展一次执法检查，每次检查一部法律的执行情况。先后检查《食品卫生法》《教师法》《义务教育法》《兵役法》《计划生育条例》等 10 余部法律法规。同年 9 月，开展全面的执法大检查，11 月底，人大常委会审议年度执法检查报告。围绕规范市场宏观调控的法律法规，如《会计法》《税收征管法》《预算法》等专项检查，维护市场公平正义。审议财政预算执行情况和预算外资金收支使用情况，保障经济社会健康发展。

为充分发扬民主，开辟人大代表参政议政新渠道，杨万喜主任在人大机关建立接待约见代表日活动制度和邀请代表列席常委会制度。将每月 5 日和 25 日定为接待、约谈日，由正副主任和各工委主任轮流接待。年接约见代表 50 多人，听取建议 20 余条，32 名代表应邀列席区人大常委会。

丹心一片献三农

邹旭昌，1946 年 11 月生，湖北宜昌人，中共党员，宜昌市第二、三届人大代表，市人大常委会委员，西陵区第三、四、五届人大代表，第三、四届人大常委会主任、党组书记。历任西陵区人民政府副区长、点军区人民政府常务副区长、西陵区人大常委会主任。

他有着浓厚的乡土情结。17 岁参加漳河水库建设，与农业结下不解之缘。之后在观音寺电站、西坝公社幸福大队务农，其间参加 8661 国防工程建设。1970 年选调市委组织部，三年后再次回到熟悉的农村，任十里红公社副书记。1975 年任窑湾乡党委副书记、革委会副主任、管委会主任，其间入华中农业大学深造。担任区领导后，仍是分管农业工作。从政 30 余年，他在土地上默默耕耘事业的辉煌，生活中却非常朴实、寡言，是名副其实的专家型领导。

农业，作为人类的母亲产业，是经济发展的基础，是衣食之源、生存之本。他对农业有着怎样深厚的情感？扎根窑湾乡 14 年，他在这片美丽的土地上，坚持改革中发展、动荡中发展，通过产业结构调整、联产承包、产销见面，以敢闯敢为、敢做敢当的精神，富民为先，使窑湾乡逐渐成为全市农业发展的样板，向宜昌"都市后花园"嬗变。他与农民共甘苦，用辛勤和汗水，撑起农业这个安天下、稳社会的母亲产业。

时光回到 70 年代初，当时的窑湾乡地域广阔，除现在的唐家湾、黑虎山等9个村，还包括东风、东湖、新村和汉宜、张家、万年、周家冲等在伍家岗、宜昌开发园区内的大片土地。作为公社、乡的负责人，在当时极"左"思想路线、政策的影响下，他苦苦思考，冲破束缚，为农民增收致富寻找出路。先后在石板、唐家湾两个粮食生产队试点，支持发展水果和蔬菜，鼓励农民进城办菜店，实现产销见面，让农民获得可观收益。为了鼓励农民种粮种菜的积极性，冲破统购包销的格局，在新区率先实行了联产承包。这在当时是一个大胆的尝试，改变大集体的劳作方式，打破吃大锅饭的平均分配主义，调动社员的生产积极性，有效地促进生产力的发展。当时庭院经济和私营经济发展还受到极大限制，连家庭养猪都要被割资本主义的尾巴，受到批斗，何况自立门户发展私营经济？为此，他们受到市里批评。但实践证明：这是一项富民的前瞻之举。1978年，党的十一届三中全会后，国家对农业实行家庭联产承包责任制，既发挥了集体经济的优越性，又调动了农民家庭的积极性。

这一干就是10年，经历七任乡党委书记变更。无论哪一任书记，他始终保持着朴实、低调、勤勉、包容的工作作风，一心扑在农业上。大力推广科技种田，兴办农科所，从事农业科学技术研究，积极向上争取科研资金，增加科研经费投入，为广大农民免费提供科技服务和培训。他对农业的发展倾注了满腔热血，对这片土地上的农民，冷暖记挂心头。70年代初，饮水问题一直是困扰黑虎山等几个村的老大难。经多方考察，最后决定与原有红旗管道配套，增加一条新管道，引水上山，使石板、黑虎山、大树湾受益。另一条从运河引水到唐家湾、沙河村，这是一项艰巨的工程，他们积极向市里争取资金，从乡里抽调劳力，夜以继日，将计划3年时间改造的饮水工程，仅用一年多时间全部完工。当时全国掀起农业学大寨的热潮，这边也是一派热火朝天的景象。他经常深入到队，与农民同吃、同住、同劳动。调集了全乡所有劳力，乡领导和干部们在他的带动下，也吃住在工地上，每月仅休息两天，初一和十五。他全身心泡在工地上，深入基层调查研究，排忧解难，每月连这两天休息时间也不能保证。大家不分昼夜，与时间赛跑，很快就贯通了这条幸福渠，汩汩清流淌进农民的心田，滋润了这一方土地和人。

1990年，他担任西陵区人民政府副区长，分管农业和商贸。此时西陵经济进入快速发展的正轨，国内生产总值年均增长38.9%，商品销售收入增长59%。市政府将市属制镜厂、市红文印刷厂、市二纺机厂、市童装机绣厂和市第二食品公司共5家工商企业下放到西陵区管理。士毕达、西楚饭店、东湖贸易公司等一批商贸企业经营红火。1993年，士毕达交通器材公司销售收入和利税分别比上年增长119.4%和90.6%，窑湾乡的乡镇企业总产值较上年增长84%。个体私营经济呈现蓬勃发展的态势，截至1993年年底，辖区内登记注册个体工商户5528户，从业人员7607人，注册资金2630万元。全年实现税收900余万元，约占全年财政收入的60%。陶珠路、解放路成为宜昌商业最繁华的地段。

1993年至1997年，邹旭昌任点军区委副书记、区人民政府常务副区长，分管农业和财政。当时点军区的农业可谓基础差、底子薄，仅有两个乡和一个街办。他没有气馁，因地制宜，拟定"两超两特"的发展方向，即特色种植、特色养殖，让庭院经济超过承包，种植业超过养殖业，并启动旅游业发展，开发文佛山、石门洞旅游资源，启动城郊"农家乐"；加强基础设施建设，村村修通水泥路；大力招商引资，挂钩引联。仅用4年时间，点军区财税收入从1994年的300多万元，增加到1997年的1300多万元。

1997年，组织再次将他调回熟悉的西陵区，任区人大常委会主任、党组书记。在工作中，他围绕中心、服务大局，求真务实，不断开创人大工作新局面。根据西陵区的实际提出了人大工作"五个注重"的工作思路，即在工作的范围上，注重区域性；在工作的程序上，注重规范性；在监督上，注重实效性；在工作方式上，注重多样性；在代表参与活动上，注重广泛性。在人大工作实践中，不断探索履行职责的有效方式和途径，并使它制度化、规范化。在他的主持下，先后制定了区人大代表列席常委会制度，人大代表旁听法院审理案件制度，对人大拟任人员任前法律考试、任中供职报告、任后年度述职和评议制度，人大常委会对"一府两院"审议意见落实反馈制度及联系制度，代表工作年度总结评比制度。以上工作思路和制度的建立，虽然增加了人大的工作量，但克服了区中区（葛洲坝工区、东山开发区、峡口风景区）人大依法履行职责的盲点，较好地发挥了人大代表的作用，增强了人大工作的可操作性和实效性，对西陵三个文明建设起到了较好的推动作用。

丹心一片献"三农"，体察民情化解民忧。这是他在长期的基层和农业工作中悟出的真谛。把群众的冷暖始终记挂心头，在工作中注意启迪群众智慧，通过典型带动、组织发动、政策促动、领导促动，把群众的需求转化为领导意志，让领导的做法得到群众支持。这是我们党永葆基业长青的秘诀。

勤政为民书写人生　余热奉献希望事业

2015年10月，全省关心下一代工作"双先"巡回报告会，介绍宜昌市西陵区关工委常务副主任陈昌华的先进事迹。退休8年，本该是颐养天年的日子，他仍坚持有一份余热发一份光，将关心教育下一代工作做得卓有成效。回首近40年的戎马与从政生涯，他也同样用勤政为民书写着人生的精彩。

勤政为民　新闻战线上硕果累累的"三栖明星"

他是宣传战线上的一名"老兵"。1968年3月参军入伍，便和宣传工作结下不解之缘。18年军旅生涯和同期入党的党龄，使他成为一名思想素质高、业务过硬的政工干部。因工作业绩突出，11次受到师嘉奖，荣立三等功一次。1986年转业至地方，历任中共西陵区委宣传部副部长、西陵区委常委、部长。30余年，上稿6000余篇，被称为报纸、电台、电视台"三栖明星"。

他的身影活跃在这个城市的每一个街巷、郊外的每一个村庄。无论走到哪里，标配三件宝：摄像机、照相机、采访本。走起路来一阵风，哪里有新闻就奔向哪里，身为宣传部长，更像一位冲锋陷阵的战士。1994年11月20日，已是凌晨两点，他被一阵急促的敲门声惊醒。当他得知东湖饭店门口的自来水管爆裂，给居民群众带来很大麻烦时，二话没说，提起摄像机，骑上自行车，就急忙赶往现场。水管喷出的水花高达12米，马路上积水深达15厘米，东湖饭店三楼以下的房间全部进水。他站在冰凉的积水中，一边帮助抢修，一边拍录受灾场景，衣服全部湿透，冻得直打哆嗦。回家已是凌晨三点多，他换下湿衣，开始写稿，通宵未眠。第二天的报纸和电视都报道了当晚的水情与抢修情况，他所经历的艰辛却无人知晓。

学院街办退休老人胡清祥几十年如一日，义务清扫大街小巷。为报道这位老人的先进事迹，他凌晨四点钟起床，扛着摄像机，骑着自行车，赶往环城东路，在老人工作的地点跟踪拍摄清晨动人一幕。当他得知家住城区的教师简菊安克服家庭困难，到乡村任教的事迹后，冒着酷暑，骑车爬坡十几里路，三次来到橘园小学进行采访，专题片《城里来的乡村女教师》在电视上播出后，引起强烈社会反响。多年来，他披星戴月，起早摸黑，不畏严寒酷暑，没有星期天和节假日，白天采访，晚上赶稿，一忙就是凌晨三四点，双眼布满血丝，颈椎病也不时折磨着他。同事们都劝他住院治疗，他却硬撑着，一次在现场采访时，因身体疼痛，额头上滚下豆大的汗珠，双手无力，相机掉在地上……他才不得不入院治疗一段时间。

业精于勤，陈昌华在宣传战线上名声渐响，先后成为多家报纸、电视台的特约记者、特约宣传员，被多家单位和学校聘为校外辅导员、市场义务监督员、窗口行业宣传员，很忙很累，他却觉得充实。别人不解，说："当了部长，用得着亲自跑腿吗？"他很平静地回答："当官就是做事，为群众做好每一件事。"

群众，是他心中的天空。长年泡在基层，与基层群众打交道，知晓他们的难处与疾苦，他严格要求自己和单位干部，既要宣传群众，反映他们的呼声，还要竭尽所能，利用宣传优势排忧解难。某日暴雨，窑湾乡灾情较重。他得知消息后，与窑湾乡政府干部一起前往现场察看灾情。当时天仍下着大雨，道路被雨水冲毁，泥泞难行。他和同事挽起裤腿，徒步十余里，前往沙河、唐家湾、园林场，采访报道受灾现场。中途遇滑坡，随时有滑落山崖的危险。他以一个新闻工作者的高度敬业精神，选好角度，拍摄受灾场景和干部群众抢修道路的场景，并和乡村干部一起，搬运石头疏通道路，回来后连夜赶写稿件，制作纪录片，第二天灾情播出，市委、市政府领导高度重视，组织有关部门观看受灾纪实，研究救灾举措，拨出救灾专款。

有一年，窑湾乡黑虎山、大树湾等村遭遇严重旱情，大片果园因干旱而叶落果枯。他急在心里，一边拍摄，一边参加抗旱，从山下提水上山，从早忙到晚。大树湾村支书宋明玉望着泥人似的部长，连连说：难为你了！回到单位后，他迅速将录像带送电视台剪辑，又找到区领导汇报旱情，商量解救办法，果树落果情况迅速得到控制，橘树起死回生，为农民挽回损失。

他作风简朴，到基层采访和办事，别人都觉得陈部长好相处，不用专车接送，不用管吃管喝。他是个热心肠的人，他所居住的小区里，大大小小的事，街坊邻里都爱请他管管，大家亲切称他为"楼长"。他对工作的要求却非常高。1996年，西陵区贯彻国务院全民健身计划，举办全民健身运动会。区委宣传部不仅承担该项活动的宣传，还负责开幕式的大型文艺演出。接受重任时，离演出不到一个月时间。单位一共才4名干部，他给他们下了死命令，在日常新闻宣传工作不打折扣的前提下，全力以赴组织开幕式演出。在他的带动下，大家积极行动起来，一方面组织创作班子，另一方面调组演出团队。一个月里，他天天蹲守排练场。演出如期举行，开幕式《西陵之光》由序和三章十二段组成，这台融时代性、民族性、地方性于一体大型文艺演出获得圆满成功，1012人参演，创作的音乐、舞蹈获得专家好评，被宜昌电视台实况转播，连播三次。

他以做好官、做好人的人格魅力感染着身边的人，用忠诚、智慧、爱心诠释宣传工作真谛。先后被湖北省委宣传部、省人事厅授予"先进宣传思想工作者""宣传思想工作先进个人""全省首次企业思想政治工作专业职务评定先进个人""宜昌市先进宣传工作者""西陵区优秀党务工作者""优秀

公仆"等上百个荣誉称号。

依法履职　人大工作不负党和人民重托

2004—2006 年，陈昌华任西陵区人大常务副主任。他依法履职，不负党和人民重托。在人大换届选举的第一年，通过领导领学、专家讲学、组织派学、干部考学等形式，强化对常委会委员及机关干部、人大代表的学习，系统学习宪法、代表法、组织法、选举法、预算法，发放学习资料1100 多份，组织学习 600 多人次，对拟任的 21 名政府组织人员和审判员、检察员进行宪法等法律知识考试。每年定期听取和审议"一府两院"工作报告，对 30 多部法律法规和区委区政府中心工作、人民群众关心的热点、难点问题进行视察、检查和调研。其中对《中小企业法》执行情况的调研报告被市委《要情专报》专期刊载。先后建立任前考察考试制度、供职报告制度、颁发任命书制度、述职评议制度等，增强民主法制观念和勤政为民意识。

立足人大工作与时俱进、开拓创新，他在工作中推出了系列创新之举。一是加强基层人大建设，在中心城区三个街办设立人大工作联络处的基础上，常委会讨论通过街办人大联络处工作职责，在全市率先给街办人大联络处明确八项职责。二是大力开展"代表之家"活动，围绕建设好一个场所、编织好一个网络、定制好一套制度、开展好一项活动，促进市区人大代表和街道社区之间的联系与交流。三是在人大代表中开展以"八个一"为主要内容的双争活动，消除"名誉代表""举手代表"，增强代表履职的责任感和使命感。人民网、《湖北日报》《人民代表报》等介绍报道了西陵区人大开展"双争"活动的经验，并在宜昌市委召开的全市人大工作会议上，西陵区人大作了"代表工作进社区"的典型发言。四是开展纪念人民代表大会成立 50 周年等系列纪念活动，如人大法律知识竞赛、座谈会、报告会和"人民在我心中"文艺演出。五是开展人大代表回选区述职活动，增强人大代表"对人民负责、受人民监督"的意识。

关爱未来　将余热倾情奉献给希望事业

关心教育好下一代事关国家前途和命运以及亿万家庭的切身利益。2009年5月中旬，刚退休1年的他，平静的生活被一个电话打破了。区委研究决定，请他老马出山，接下关心下一代工作的担子。没有犹豫，他应声而出，却是7年的艰辛付出。

单枪匹马上任，面临处于瘫痪状态的关工委工作，他从建制度、抓机构入手，仅用半个月时间，在全区所有街办、乡、开发区、66个社区居委会、7个村和29所学校成立了由党委书记或分管副书记任组长的关心下一代三级组织网络，制订年度工作要点。目前，关心下一代组织在进一步向机关、非公经济组织延伸，区直机关建立关心下一代组织的达92%以上，商会和民营企业建立关工委组织的达39家，关工委成员单位增加到23个。

西陵区是中心城区，辖区网吧密集。为防止网络信息对青少年的不良影响，他将网吧监察作为治理重点。组建"五老"网吧监督员队伍，制订《实施方案》，制作监督员证件，建立工作台账和巡查记录，组织开展学习培训。一个月后，365名"五老"网吧监督员佩戴标志对辖区网吧进行经常性义务巡查和社会监管，仅2009年8—12月，开展咨询4200多人次，纠正整改问题，制止和劝阻未成年人进入网吧518人次，未成年人进入网吧的问题得到有效遏制。此项工作受到中央、省、市领导高度称赞，并在全国推广。关工委工作在起步之初，也面临不少困难和阻力，个中艰辛如人饮水，冷暖自知。部分基层当负责，工作人员少、经费短缺，让他一度想到放弃，但工作的使命感和责任感，又让他鼓起勇气，通过真心真情，凝聚力量。坚持两条基本原则：一是不给组织出难题，给不了人，自己一人步行前去；二是不给基层找麻烦。了解情况、检查工作，不要主官陪同，不要材料汇报，不安排接待就餐。7年里，自己起草、拟定文件60余份，撰写调研、汇报、总结、经验材料 70 多份，近 30 万字。

青少年思想活跃，对文化、生活、思想、心理等各个方面的需求也呈现出许多新的特点。如何将这项工作深入下去，使关爱教育更有实效，他将履职区委宣传部长的经验运用到关爱教育中，培训典型，创造特色。

现任宜昌市残联副主席孙万清，原是二马路社区一名普通社区工作者。源于自身的成长经历和对未成年人心理问题的关注，2001 年 11 月，她自费创办了宜昌市第一家情感倾诉专线——"窗新热线"。当时，区委宣传部进行了宣传，2004 年，陈昌华主任到人大工作后，帮她完善和规范，"窗新"模式在全区推广并命名为"孙万清平台"，社区青少年关爱小组、青少年违法犯罪社区矫正站、青少年维权站、各学校的心理咨询室等相关心理咨询机构，都纳入到"孙万清平台"建设，建立起学校、社会、家庭联动的社区未成年人思想道德建设服务机制。目前，孙万清平台"三个一"服务模式，即一条热线，开展心与心的沟通；一个网站，连接人与人的对话；一间工作室，进行面对面的交流，为广大青少年建起心灵桥梁。心理咨询进一步丰富了关心下一代工作的服务范围。

在继承和发扬的基础上，目前关工委各级组织发挥地理、人脉、文化优势，创新载体，"五老网吧监督""爱心小课桌""假日妈妈工作室""金阳光计划""微爱传递工程""春芽工程"等一批富有时代气息、鲜明时代特色的做法，受到青少年和广大家长的欢迎、参与，得到社会的认可与支持。全区关心下一代工作成果丰硕，学院街办荣获"全国五好关工委"称号，西陵区关工委获得"全省关心下一代先进集体"荣誉称号，等等；陈昌华也被中国关工委、中央文明办授予"全国关心下一代工作先进工作者"及省、市多个荣誉。

难忘那艰苦卓绝的岁月

趟过历史的长河，是一幅战争与和平交织的壮丽画卷。

他从硝烟弥漫中走来，在抗美援越的烽火中开启青春的旅程；他投身火热的建设工地，披星戴月，葛洲坝大江截流见证这一生的辉煌；他是市场经济中勇敢的弄潮儿，与宜昌城市建设和西陵经济社会的发展荣辱与共。

拳拳爱国心，浩浩民族气，耿耿公仆情。

1965 年 7 月，包大芝响应号召，在湖北省鹤峰县应征入伍，成为一名光荣的解放军战士。同年 8 月 5 日，当他正在广西贵县新兵连集训时，美国发起对越南的侵略战争，公然对越南北方的城市、码头、桥梁、机场、港口军事要地进行狂轰滥炸。我国的广西云南边境和越南唇齿相依，山水相连。为了保卫边疆和祖国安全，刚刚学习汽车驾驶的他，随中国人民解放军 6969 部队（汽车团）担负起为部队运输弹药和战备物资的任务，投入抗美援越的战争。1967 年 3 月的一个晚上，他和战友开着 25 辆装有战备物资的汽车前往越南。为避开敌军的监视，通过一晚上的抢运，在凌晨时分，到达了越南的木村。天下着大雨，大雾笼罩，他们将汽车停放在树林中。就在他们庆幸没有被敌军发现时，突然有几架敌机从部队宿营上空俯冲而过，一阵疯狂的大面积轰炸，大树、石块、泥土……目标区的土地被炸翻了天。有的汽车轮胎打破了，汽车的挡板被打掉了……当时，他提起冲锋枪就向自己驾驶的汽车冲去，为保卫战备物资与敌军殊死搏斗。这次任务后，他光荣加入中国共产党。他连续 3 年被广州军区评为"五好战士"。

1970 年元月，他退伍后参加湖北省水利厅招工，加入鄂西水电工程建设。8 月 1 日东风渠通水，东风渠潜溪河过水渡槽有 1200 余米长，下面是公路大桥。在鄂西南是一项重点工程。在通水当天省长张体学同志亲临现场剪彩。由于种种原因，凌晨四点左右，靠王家湾方向的 8 号桥墩竟然发生倾斜，紧接着靠南边的 16 拱渡槽和下面的公路大桥全部垮塌。当时施工指挥部和桥上的人就有 42 名遇难。他们在接到通知后，火速赶赴现场参加救援。在救援工作中他所在的机械班负责 84 千瓦的发电机工作组，供修复大桥和渡槽的照明以及施工用电。就在工程快封顶时，他接到通知，调往三三〇工程建设。

1970 年 12 月 24 日，党中央、国务院决定兴建三三〇水利工程。12 月 30 日，在葛洲坝三江举行工程开工典礼，随后从全国 27 个省市（除新疆和西藏外），湖北 8 个地区抽调 8 个民兵师、几十个民兵团，约 10 万人马向长江开战，拉开了建设葛洲坝的序幕。工程建设实行的是"三边"方案：边勘探、边设计、边施工。那时没有大型设备，主要是靠肩挑人扛。10 万人汇集到宜昌，一人一天 1 斤粮，就要 10 万斤粮；一人一天 1 斤菜，就要 10 万斤菜……这在当时交通不便，物资匮乏的年代，是很大的问题。他作为三三〇工程后勤运输处副指导员，团支部书记，担负着调运粮食运输任务，为保证水电职工的基本生活，带领全队干部职工加班加点运送，多装快跑，在保证安全的前提下，以最快的速度将各地的支援物资运送到宜昌，圆满完成运粮任务。被三三〇工程指挥部评为"模范生产者"称号。

1972 年下半年，三三〇工程指挥部后勤部运输处召开了第一届团代会，建立了 29 个基层团委，197 个团支部，900 多个团小组，共有团员青年 17000 余人。通过代表选举，经省委批准，他当选为三三〇工程指挥部首届团委书记，出席湖北省第五届团代会。后经省 1500 名代表选举，当选为湖北省第五届团省委委员。

1975 年年初，他从三三〇指挥部团委调往新组建的汽车分局担任副局长、党委常委。为了早日拿下三江二号、三号船闸和冲沙闸基础部位的土石方开挖任务，工程局提出要日运输土石方超万方的任务。当时汽车分局还只有 6 个分队，车辆和人员相对不足，这样的任务对于当时的情况基本上是不可能完成的任务。他积极动员群众，开展社会主义劳动竞赛，自己也上阵，带头驾起 T20 大车下基坑，很多司机也因此受到了鼓舞，有的连续两个班作业，有的要求自己拉不到 30 车不下班，一时间形成了"上班不用喊、下班要人赶"的感人局面。最终以日运土石方一万一千方的好成绩，超额完成了上级给派的任务。

1981 年 1 月 3 日上午 7:30 分，葛洲坝大江截流决战时间到了。大江河床宽 800 米，虽然在枯水期，但水深也有 10—15 米，当时有过计算，葛洲坝工程大江截流量是黄河三门峡的 2.4 倍，是汉江丹江口截流量的 15 倍，实际流量达 4720 立方米 / 秒，流速更是达到了 7 米 / 秒，要顺利截流，其工程难度可想而知。这一天，前期的准备工作已经做好，截流方案已经报国家审定，而任务完成的关键正是汽车分局，要求运输速度要快，运输土石方量要大，否则刚投下去的石料可能就被水冲走了，甚至可能会发生危险。当时他被分配在右岸，主要负责土石方运办理的指挥调度。一声号令通过电波传遍十里工区，大江两岸机声雷动，运输石料的车辆川流不息，而推土机在不停地碾压和推进。随着拢口越来越小，水流越来越急，工作强度达到了每分钟抛投 7—8 车，抛投量更是达到了 7.2 万立方米 / 天，在设备比较落后的时代，其工作强度之大难以想象。最终连续奋战了 36.5 个小时后，1 月 4 日下午 7:53 分，大江龙口顺利合拢，至此，万里长江终于第一次被人们拦腰斩断，他们与时间赛跑，创造了奇迹。

1975 年后，宜昌开始重视城市基础建设，要将荒凉的鄂西码头小城和小村庄逐步建设成为繁荣的水电城市，需要大面积土石方开挖，还需要建厂房、办农场、挖人防洞。而当时与这些工作相关的运输任务都需要汽车分局承担，任务十分艰巨。这 10 年里，他基本都是连班工作，每天都只休息 3—4 个小时，10 年没有任何节假日，和广大职工一起努力，确保了基础开挖、混凝土浇筑以及基建等运输任务顺利完成，同时保证了葛洲坝工程按期通航发电。

1986年春，他由葛洲坝基建分局调往夜明珠担任副主任、主任职务。从一个大型施工单位调到后方从事社会管理工作，一切从头开始。在做了大量细致的调查后，他从抓好居委会干部职工思想、组织、作风入手，采取抓好三个三分之一的办法：一是抓好三分之一居委会，二是抓好三分之一居民小组，三是抓好三分之一门前三包，辖区内的环保、卫生、治安、绿化等工作都取得明显成效。当时街道办的经济条件很不好，办公用房也很破旧，连水电费都缴不起。于是他想办法，筹资金，办企业，逐一破解难题。当时街办办企业一无资金，二无场地，三无人员，四无材料，五无技术。在这种情况下，他找规划、设计、土地办、市场办、工商、税务、银行等多个单位，协调上百次。两年半时间，在夜明珠路旁修建了28间平房，1300平方米的菜市场，共花费资金10万元。并主动捐出自己6个月的工资，当时月工资水平只有100多元。80年代末期，市场经济才刚刚起步，他的这种大胆的尝试，为以后全区办企业、发展市场经济探索出了一条新路子。

1986年12月13日，西陵建区。1987年11月18日，四大家正式挂牌。1991年3月，经西陵区人民代表大会选举，他当选为第二届、第三届人大副主任，主要分管代表和财经工作。在人大工作期间，被安排参加全区企业破产清算工作，并担任破产清算组组长。当时区内有不少企业要进行结构调整，如何稳定职工的情绪，给职工应有的补偿等都是大问题，他用两周的时间，组织这些企业的干部和职工学习企业破产法、经济合同法、土地管理法、会计法、劳动仲裁法、劳动社会保障法等多部相关法律。随后成立了财务、物资、债务清理和安全保卫4个小组，做到各负其责。开展对丝织厂、士毕达体育用品商场、大东方交电器材公司3家企业的破产清算工作。这三家企业负债共2285万元，实际净资产300万元，债权分配率仅为13%。为保持单位干部职工稳定，积极组织收债小组赴外地收取货款，给职工补发工资。并要求劳动部门为干部职工按照相关的政策，给予工资晋级，使干部职工在调到其他单位后，可作为工资调整升级和退休时的依据，解决了近 400 人的安置和补偿。在 3 家破产企业中，没有一个干部职工上访闹事。

　　采访结束时，他颇有感触地说："我们永远不能忘记抗战那段艰苦的岁月，那些为保家卫国牺牲了的英雄，他们用鲜血和生命换来了我们今天的幸福安宁。我个人的付出非常渺小，今天所见证的一切，是我和我的同事们、战友们共同努力的成果！"

从拾粪娃儿到离休干部
他用现代诗词讲述中国故事

拾粪娃儿翻了身，

总思救命大恩人，

夜半摇醒身边子，

爸爸见了毛主席。

1934 年 3 月 18 日，王子聪出生在黄土高坡的一个小山村——陕西省兴平市南留村。

他的祖上三代，都是给别人做长工。母亲长年有病，无钱买药，就吃些庙里的香灰。在他十来岁时，母亲就病故了。长工出身的父亲，独自拉扯他和七八岁的弟弟，既当爹，又当妈。平时在外做些力气活，帮别人盖房，做垒墙用的土坯砖，回家后还要为他们做饭和补衣服，操持家务。王子聪七八岁时，每天清晨天刚亮，就提着担笼，拿着小铲子，到村外的大路上，拾牛粪、马粪、驴粪。提回来，晒干，主要当柴烧，余下的，洒在父辈们打长工挣下的薄田里当肥料。人家用牛犁地，而他们无耕牛，幼年时，只能是父亲掌犁，母亲带着他们两个孩子，在前面当牛拉犁。

1949 年 2 月，他的家乡解放了。3 月，王子聪参了军。之后随西北野战军第四军向西挺进，先后解放了西安、宝鸡、兰州。在军队里，王子聪一边练兵，一边学习，随军到达甘肃、上海后，又进入防空军高射炮学校学习。1958年转业至湖北省宜昌市卫生系统。军旅生涯让他得到宝贵的锻炼，不仅学文化、学技术，政治上也不断进步，先后入了团、入了党，成为有医疗技术特长的国家主人翁。

行军的生活虽然艰苦，但精神上却很充实。休憩时，他们除了政治学习，还可以观看文艺演出。《白毛女》《赤叶河》《兄妹开荒》《张老三我问你》，这些歌剧深深触动了他的心灵。每次行军到一个村庄，王子聪这些青年娃娃兵，也学着站到磨盘上，为村民表演歌剧片段，演唱《三大纪律八项注意》《骑白马、挎洋枪》等宣传节目。《白毛女》等歌剧，提高了他的阶级觉悟，也萌发了对诗歌的爱好。在学习、生活和工作中，当心中涌动着想要表达的话语时，他都试着用诗歌写出来。

读《毛泽东选集》时，他曾有感而发，作诗表达如饥似渴的心情："拿起毛主席的著作，不知道吃饭，忘记了瞌睡。"一次，他在夜间巡视医院病房，走到内科医生办公室门口，目睹一个医生通过看书，为疑难病人找到了新疗法。便写下短诗："一个医生在看书，悠悠托腮向天瞅。突然，把桌子一拍，啊，这个病人有了救。"

有一年，宜昌流行脑炎病，疫情很严重，治疗效果却不理想。市一医院药房的几位药师们，用板蓝根、金银花、柴胡等七种中草药，熬制成一种静脉输液剂，取得非常好的效果。当时，他在熬药的灶台上贴一首短诗："日间炉边熬药，梦中遍山奔跑。安得一种寻常草，群众百病都医好！"

1984年，王子聪申请退居二线，1987年正式离休。读书的时间多了，他很用心研读毛主席的诗词和唐诗三百首，还观看了《刘三姐》等歌剧，丰富了诗歌营养。置身于改革开放的幸福时代，他感觉沐浴在幸福中，与解放前的处境相比，如生活在天堂里。每当别人问他幸福吗？他用诗歌作答：你感觉幸福吗？我感觉幸福，我已八十，心情开朗、身体健康。祖国的领土，有解放军把守，环境的安宁，有警察巡视；商店里货物满满，每月都领着养老钱；还有人专门保障着食品的安全。有这么多人关怀着、温暖着，他用诗歌韵和时代的节拍，把祖国歌唱。

他喜欢吃小笼包子。有一次，在隆康路小笼包子店门口，吃着小笼包子，看着街景和来来往往的行人，心中有一种幸福感："天天早晨，我都在这里，买小笼包子，我想起了，小时候，心中的念，要是每天有白面馍吃，就是最大的幸福。再回首，我已住在了天堂里。"

那年冬天，屋外下着大雪，他和老伴在空调屋里，包饺子，他心中的诗兴涌了起来："窗外寒雪冷飕飕，窗内空调暖乎乎；古稀一对老夫妻，包着饺子说幸福。"每年三月，他生日那天，家人都要到野外掐野菜吃。吃饭时，他又即兴吟诗："鸡鸭鱼肉已平常，寻访野菜尝野香，提起筷子告孙女，爷爷当年做主粮。"

伴随共和国波澜壮阔的改革历程，王子聪这个翻了身的拾粪娃儿，在新中国阳光雨露的滋润下，感受着深深的幸福。时时被感动，诗兴即起，表达感恩之情——

《马年春节记》："……国家最高领导人，踏雪边陲来访问，访问雪中巡逻兵，温暖最可爱的人。站在雪山来鞠躬，语言庄重又诚恳。"

原国务院总理朱镕基曾说"我一天到晚都头疼"，这是大国总理为举国上下操劳。据世界银行去年12月发布的研究报告：今后10年，中国每年至少要创造八九百万人的就业机会，而中国农村剩余劳动力最高达1亿！未来几年，光为中国人造饭碗这一项，就足以让任何最聪明的领导人头痛不已。王子聪老人就此感悟，写下这样几句：举步登泰山，顶风又踏云，心中忧难已，背着十亿人。

有一年，他九九登高，心中感怀：先祖登高常悲秋，尔辈登高看丰收，今年更添大喜事，全民仰望神七游。

看桃花，听梧桐树上蝉鸣，心中诗意流淌：片片桃花落溪水，随水漂流到海洋，锦书托寄于游子，桃花园里飞凤凰；梧桐树上百蝉鸣，仿佛万人赛歌声。何以今日此劲头？声声歌唱中国梦。

游深圳，观高楼临立，即兴吟诵：三十年前茅草地，如今高楼如森林，心中涌出一个字：飞！

三峡大坝，近在咫尺，他去过几次，但每次去，都有不同的感受：

游人们在看三峡大坝，我在看游人。

一杆杆红旗、绿旗、黄旗，

导引着一队队白帽子、黄帽子、红帽子。

坝上坝下，看到的只是人头的涌动

一声声惊叹、一声声赞美

这从孙中山起，中国人做了一百年的梦

这就是过去梦中所想的景观

看，船在过船闸

看，船在爬楼梯

真神奇。

他常去农村，每次都有不一样的感悟：

农村还是农村

过去的路，像一根细细的绳；

出村的人们，像小虫子孙样，沿着绳子慢慢地攀登。

现在的路，像一条宽宽的江，在太阳底下闪闪发亮。

江上的车来车往，像欢乐的鱼儿游游荡荡。

农村还是农村

过去的灶火，烧的是棉干、苞谷秆，黑烟滚滚

现在的灶火，按钮一按，就是蓝蓝的火焰

农村还是农村，过去的田，

是一小块、一小块，像一堆乱撒的豆腐干，

现在的田，一大片、一大片，机器在上面盘旋。

人行道上，他看到一位老人，牵着小狗儿遛。想到中国近百年来的历史和当前世界处处有战乱，这个平常的小画面，让他感触现在的和平安宁，多么的来之不易，是多么的珍贵啊！于是，他写了首《安》：

枪声阵阵灭，逃难处处无，

退休有养老，牵个狗儿遛。

别人问他，为什么爱写诗？他答：

"诗是语言的结晶，诗是最美的语言，我要用诗的语言，为美丽中国，制作一张名片，立下历史的档案。

美丽中国，她力大无边，站在高高的昆仑山上，把几千年的沉重农业税赋，一脚踢到了大海里。

美丽中国，她的智慧胜过圣贤，她三算两算，解开了世界性的难题：谁来养活中国这么多的人口？

美丽中国，她有神秘的魔法，她把几千年的神话，变成了做得到，看得到，中国人可以在宇宙遨游，可以在7000米海下游弋。

翻一番——翻一个跟头，变一个魔法。过去，只有《西游记》中的美猴王，这样法力无边。现在，美丽中国，日新月异的变化，飞一般的发展速度。"

今天，我们重走丝绸之路的辉煌，"一带一路"，国力彰显。在全球经济下滑，世界政局动荡不安的形势下，我们伟大的祖国，国富民强，处处彰显大国风范。王子聪老人，这个翻了身的拾粪娃儿，心中感到格外自豪！遂作短诗《天杠》：谁个今日大手笔，丝路从东直到西，世人欢呼称天杠，撬得地球滚滚移。

他虽然写了些诗，但自认底子薄、水平低，他的诗句，多是一些通俗的平常话。但身边的朋友很支持，经常鼓励他，说：你写的诗，我们爱看，看得懂，都是我们的心里话。

　　他有一本文集《关于爱的交谈》，这是写给他孙女的，印制几百本，送给宜昌市青少年宫、东方红小学、刘家大堰小学、宜昌市西点阳光学校等。他问同学们喜不喜欢？孩子们把手高高举过头顶，给他献花、戴红领巾，聘他为校外辅导员。捐赠仪式时，全校列队欢迎，他觉得这是最高的奖赏。当天有感而发：我为青少年，写了一本书——《关于爱的交谈》，爱父母、爱老师、爱学习、爱劳动，爱祖国大家庭，我问同学喜欢不喜欢，他们为我戴上红领巾，把手高高举过头顶，这是童心的表达，这是最高的奖赏！

　　之后，他受到湖北省文明办和关心下一代工作委员会的奖励。

　　他执着坚持自己的爱好，创作的诗歌中已有几十首诗被相关刊物采用，或编入公开出版的书籍。先后入编《中华诗人大辞典》《中华诗词排行榜》《中华国粹——当代百家绝句精选》《2012年感动中国艺术人物》《中国诗书画年鉴》《新时期主义诗词格言读本》《世界文化名人辞海》《当代诗文书画名家获奖作品选》《世界汉诗千家选》等42类文选。

　　在国内外华人诗词大赛中，他有230余首诗获得不同奖项。

　　近年来，随着中国国际地位提高，海外汉学热潮兴起。他的丰富人生阅历和对诗歌的执着热爱，几个出版社、诗词学会向他发出邀请，用现代诗词讲好中国故事。其中《中国艺术大咖》珍藏版仅收录了他和范曾、沈鹏、黄永玉、欧阳中石、莫言等8人的作品，《国家艺术人物王子聪作品专刊》由中国文联国际出版社出版，将关于他的简介和艺术特色的评论，用中文和英文双语排印。目前，他已出版了12本书。

　　心中诗意流淌，字里行间都是深情。王子聪已是84岁的高龄，这个穷苦出身的拾粪娃儿，在共和国的阳光雨露中，被幸福沐浴着。他用自己热爱的诗歌语言，记述时代的变迁，表达自己的感恩之情。自诩是一只小小萤火虫，自嘲："将近八十白头翁，自比一只萤火虫，声音虽弱喊打鬼，发自肺腑唱英雄。"